DE LA MÊME AUTRICE

Romans

QUE NOS VIES AIENT L'AIR D'UN FILM PARFAIT, Le Passage, 2012. Seuil, 2014.

C'EST DIMANCHE ET JE N'Y SUIS POUR RIEN, L'Arbalète/Gallimard, 2015. Folio n° 6233.

UNE FEMME AU TÉLÉPHONE, L'Arbalète/Gallimard, 2017. Folio n° 6450.

TENIR JUSQU'À L'AUBE, L'Arbalète/Gallimard, 2018. Folio n° 6781.

TÉRÉBENTHINE, Gallimard, 2020. Folio n° 7048.

Essais et nouvelles

QUAND NOUS SERONS HEUREUX, Le Passage, 2010.

CAMILLE CLAUDEL, LA VIE JEUNE, Invenit, 2015.

QUELQUE CHOSE À TE DIRE

CAROLE FIVES

QUELQUE CHOSE À TE DIRE

roman

nrf

GALLIMARD

L'autrice a bénéficié pour l'écriture de ce livre
du Programme de résidences d'écrivains de la région
Île-de-France ainsi que d'une bourse d'écriture de la Drac
et de la région Auvergne-Rhône-Alpes.

Aux autrices que j'aime,
à jamais vivantes.

I

ADMIRER

Admirer : *S'enthousiasmer pour ce qu'on juge beau, idéal.*

1

Elsa Feuillet admirait Béatrice Blandy. C'était une écrivaine dont elle pouvait relire les romans chaque année, sans jamais se lasser. Plus que l'histoire, car il n'y avait pas vraiment d'histoire dans ses livres, ce qu'elle aimait, c'était l'écriture, incisive, le regard qu'elle posait sur le monde. Elsa Feuillet se retrouvait dans chacune de ses pages, dans chacun de ses personnages. Elle était cette femme qui prend un inconnu en stop la nuit, cette autre qui prépare un dîner pour un amant qui n'arrive jamais ou cette autre encore (était-ce la même ou était-elle à chaque fois différente ?) qui se balade dans le métro avec du sang sur les mains. Lire Béatrice Blandy donnait à Elsa Feuillet l'impression de mieux se comprendre elle-même, c'était une petite voix qui l'entraînait et lui disait, « regarde les choses sous cet angle et vois comme la vie est différente ainsi, plus intense, plus vraie… ».

Elsa Feuillet n'avait jamais cherché à rencontrer Béatrice Blandy. La lecture de ses ouvrages lui suffisait. Il lui semblait que dans leurs livres, les écrivains mettaient le meilleur d'eux-mêmes, pourquoi ensuite aller en librairie ou dans un salon du livre pour les voir en chair et en os ? Quel intérêt de savoir s'ils rédigeaient au stylo Montblanc ou à la plume d'oie, jusque tard dans la nuit ou dès potron-minet ? Puis Elsa Feuillet écrivait elle-même, elle avait publié quelques romans et une sorte de pudeur la retenait d'envoyer un courrier enflammé aux autrices qu'elle aimait. Bien sûr, il leur arrivait parfois de se croiser, entre écrivains, dans un salon, un festival, alors là oui, si elle avait aperçu Béatrice Blandy, elle serait certainement allée la voir, elle lui aurait dit quelque chose comme, « j'adore vos livres ». Ç'aurait été bref, juste deux ou trois mots, elle aurait trouvé le courage. Mais l'occasion ne s'était jamais présentée. Et puis elle avait appris la nouvelle sur internet, Béatrice Blandy était morte. Un cancer foudroyant, elle était partie en quelques semaines à peine. Les hommages avaient plu sur les réseaux sociaux et dans les journaux, c'était une femme de lettres qui avait reçu des prix prestigieux, elle vivait à Paris, connue et reconnue par le milieu, tout le gotha littéraire était sous le choc. Elsa Feuillet aussi. Elle ne vivait pas à Paris mais les jours qui suivirent sa mort, elle était triste. Il n'y aurait donc plus de roman de la grande écrivaine ? Plus rien ? Elle n'était pas la seule à l'admirer, quelques mois plus tard, plusieurs livres et documentaires lui furent consacrés, chacun tenait à témoigner de l'influence que Béatrice Blandy avait eue dans sa vie, dans son travail, chacun voulait lui rendre hommage à sa façon, un film, une chanson, un roman… À elle, Elsa

Feuillet, lui restaient ses livres, elle pourrait toujours les lire, les relire. Son œuvre infuserait lentement dans la sienne, c'était en quelque sorte son héritage.

Béatrice Blandy avait peu écrit, cinq romans seulement en trente ans, soit un tous les six ans. Elle n'était pas de ces auteurs omniprésents à chaque rentrée littéraire, qui tiennent le crachoir coûte que coûte et monopolisent les plateaux télévisés, non, elle expliquait dans les interviews que l'écriture répondait chez elle à une sorte d'urgence, sans laquelle il lui était impossible de se mettre au travail. C'étaient des romans assez courts, à peine cent pages à chaque fois, des textes fulgurants, forts, et Elsa aimait aussi cette brièveté, cette manière de ne pas s'étaler. C'était, lui semblait-il, une sorte de politesse, une façon de ne pas trop occuper le terrain, de laisser de la place aux autres, et cette place près de Béatrice Blandy, elle la prenait chaque fois qu'elle relisait un de ses cinq livres. C'était comme un dialogue entre elles, toujours aussi saisissant, aussi passionnant, un voyage dont elle ressortait à chaque fois différente. Elsa se sentait comme une dette envers Béatrice Blandy, elle lui avait transmis tant de beauté et maintenant elle n'était plus là, elle n'avait rien pu lui dire, c'était dommage. Elle aurait préféré la rencontrer finalement, lui faire savoir à quel point ses textes avaient changé sa vie. C'étaient eux qui lui avaient donné la force d'envoyer ses écrits à des maisons d'édition. De continuer, malgré les refus, et de publier, d'abord des nouvelles, puis de brefs romans, sur le modèle de ceux de Béatrice Blandy.

Au moment de rendre son nouveau manuscrit à son éditeur, Elsa eut envie de le lui dédier, « À Béatrice Blandy, trop tôt disparue ». Non, c'était ridicule. Excessif. Qui était-elle pour parler ainsi de sa mort ? Il valait mieux une évocation plus discrète, une citation par exemple, voilà, une phrase de Béatrice Blandy en exergue de l'ouvrage, une façon de lui rendre hommage sans en faire des tonnes.

Elle relut les cinq romans de Béatrice Blandy, stabilo à la main, à la recherche d'une phrase, une seule, qui résumerait ce qu'elle aimait tellement dans ses livres. L'exercice était plus complexe qu'il n'y paraissait. Béatrice Blandy n'était pas une écrivaine à petites phrases. Dès qu'on les isolait de leur contexte, les phrases de Béatrice Blandy perdaient de leur force, se révélaient simplement banales. C'était le texte dans sa totalité qui leur donnait du sens, qui les rendait si justes. Bien sûr, Béatrice Blandy n'était pas poète, elle était romancière, comment Elsa ne s'en était-elle pas rendu compte plus tôt ?

À force de chercher, elle finit par trouver un passage qu'elle pourrait mettre en exergue, sans ridicule, ni pour elle-même ni pour Béatrice Blandy.

Le texte d'Elsa fut accepté par son éditeur et, après quelques corrections, publié au printemps sous le titre *Forum*. La narratrice de ce roman était mère célibataire et consultait régulièrement les forums de parentalité. Sur ces sites, les parents répondaient à des questions aussi variées que « A-t-on le temps de faire un jogging pendant la sieste de bébé ? » ou tout aussi bien, « Comment faire des économies quand on élève seule un enfant ? ». De plus, et c'était le cœur du roman, la mère célibataire faisait des fugues la nuit. Pas pour aller faire un jogging, mais juste pour prendre l'air, sortir, décompresser. Tout cela n'avait rien à voir ni de près ni de loin avec les romans de Béatrice Blandy, d'ailleurs les siens ne parlaient jamais d'enfants, pour la bonne raison, expliquait-elle dans un entretien sur France Culture, qu'elle n'en avait jamais voulu. Elle était écrivaine, insistait-elle, elle avait d'autres livres à fouetter. Elsa l'admirait d'autant plus qu'elle n'avait pas su elle-même résister aux injonctions de maternité, encore très fortes en province, où elle vivait.

Forum reçut un très bon accueil, et même si les mères célibataires n'eurent pas vraiment le temps de le lire, il lui permit d'élargir son lectorat, principalement des parents qui lui envoyaient des messages sur Facebook, expliquant que même en couple, ils vivaient des situations très proches, et ressentaient profondément le besoin d'évasion de la narratrice. Elsa fut pour la première fois invitée à des festivals, et le livre reçut même plusieurs propositions de traductions. Elle était intimement convaincue que la petite phrase de Béatrice Blandy, placée en exergue du livre, lui portait chance, qu'elle agissait tel un talisman, et que son autrice favorite, quelque part, veillait sur elle.

C'est à cette période-là qu'Elsa reçut une lettre, transmise par sa maison d'édition avec quelques semaines de retard.

Paris, le 23 mai

Chère Madame,

J'ai lu avec plaisir votre roman, Forum. *J'ai été très touché que vous y citiez une phrase de ma femme. Votre livre aurait plu à Béa, à coup sûr. J'ai appris que vous ne viviez pas à Paris, mais contactez-moi lorsque vous y passez, j'aimerais vous rencontrer. Je vous joins ma carte, avec mon numéro,*

Thomas Blandy

2

Paris gare de Lyon. Prendre la ligne 1 jusqu'aux Tuileries. Longer les hautes grilles du jardin, entrevoir ses allées de gravier et ses lignes de hêtres. Tourner à gauche sur la rue Saint-Roch, à droite rue Saint-Honoré. Se faire huer par un cycliste en traversant, puis une passante, regardez où vous mettez les pieds voyons, vous m'avez roulé dessus avec votre valoche. Reconnaître vaguement le quartier pour l'avoir vu dans tellement de films, de téléfilms. Paris Premier. Le Louvre, la place Vendôme, le Palais-Royal. Le centre du monde. Y a-t-il vraiment des gens qui vivent ici, à part la Joconde ?

Entrevoir son reflet dans une vitrine. Se trouver mal fagotée. Définitivement provinciale. Penser à annuler au dernier moment sa visite à Thomas Blandy. Prétexter n'importe quelle excuse bidon. Se ruer dans le premier TGV, se réfugier dans les livres de Béatrice Blandy, loin des Tuileries et de son mari.

Thomas Blandy s'était pourtant montré très chaleureux au téléphone, il avait proposé à Elsa de venir déjeuner chez lui, maintenant que la crise sanitaire s'était un peu calmée. La France émergeait à peine du premier confinement et les restaurants n'avaient pas encore rouvert. Elle avait profité d'un court séjour à Paris pour accepter son invitation. Elle avait longuement hésité sur le choix du vin qu'elle apporterait, un crozes-hermitage ou un saint-joseph ? Elle avait failli trancher avec un saint-amour avant de se ressaisir et d'opter pour un côtes-du-rhône, plus neutre. Elle avait aussi acheté des petits fromages de chèvre, mais n'était-ce pas trop pour une invitation à déjeuner, est-ce que cela paraîtrait déplacé ?

Stopper devant le numéro 320, rue Saint-Honoré, une large porte cochère. Traverser la vaste cour carrée à la pierre blanchie, un hôtel particulier, rien que ça. Grimper les marches qui mènent au vestibule, et sonner à BTB, leurs initiales liées, Béatrice et Thomas Blandy. Une voix masculine dans l'interphone annonce à Elsa qu'elle est attendue au cinquième étage droite. Elsa foule l'élégante moquette lie-de-vin jusqu'à l'ascenseur. Sursaute en entendant la cabine s'ébranler, les grilles de fer forgé s'écarter devant elle dans un fracas métallique. Qu'est-elle venue chercher ici ? À quoi bon rencontrer le mari de sa romancière préférée ? Au dernier étage, une porte s'entrouvre sur un palier baigné de lumière. Thomas Blandy apparaît. Haute silhouette, chevelure foisonnante, drue, légèrement blanchie.

— Vous avez fait bon voyage ? Mais vous êtes chargée ! Posez votre valise ici, et donnez-moi votre manteau !

Se dire que ça y est, on est chez Béatrice Blandy. Dans son entrée, son appartement, sa vie.

Elsa suit Thomas Blandy dans une grande salle de réception, ouvrant sur un balcon filant. Plusieurs sculptures de fonte, de verre et de métal ponctuent la pièce et aux murs, des toiles monumentales, Miró, Giacometti, Chagall, Matisse… Un véritable échantillon du Centre Pompidou, qui se trouve à seulement quelques minutes à pied. Au sol, un revêtement opalin, résineux, comme dans les galeries d'art. D'élégants sofas de velours semblent échoués au milieu des œuvres.

— Je vous en prie, installez-vous. J'espère que vous aimez les asperges, je lance la cuisson et je suis à vous !

Une immense bibliothèque tapisse le mur du fond. Les livres de Béatrice Blandy. Ce salon était-il le décor d'un de ses romans ? Elsa a la sensation de pénétrer de plain-pied dans la fiction. Plusieurs portraits sont adossés aux rangées de livres. L'un représente dans les tons sépia une fillette avec un pardessus. Un autre, en noir et blanc, sur lequel Elsa reconnaît Béatrice Blandy vers la vingtaine, épaule dénudée, grain de peau parfait…

— Merveilleuse, n'est-ce pas ? l'interrompt Thomas Blandy.

— On dirait une actrice, elle capte si bien la lumière.

— C'est un tirage de Cartier-Bresson, ma femme aimait se faire photographier par les plus grands, c'était son côté un peu star…

— Mais c'est une star !

— Disons que Béatrice avait de la classe !

Elsa pense mécaniquement, « la classe à Dallas ! ».

— Pardon ? Vous avez dit quelque chose ?

— J'ai dû penser tout haut, mon fils répète tout le temps ça en ce moment, « la classe à Dallas », un truc de cour d'école.

Il lui demande quel âge a son fils, sept ans, et si elle est mariée.

— Séparée !

— Comme dans votre dernier roman ?

Elsa n'ose pas lui faire remarquer la banalité de sa question.

— C'est ça, comme dans le roman…

— Et cette séparation, c'est récent ?

— Ça doit faire deux ans… Mon fils vit à Lyon et je m'en occupe une semaine sur deux, les joies de la garde alternée.

— Deux ans, vous dites ? Ça va faire deux ans que Béatrice est morte.

Thomas Blandy a l'air d'un vieil homme tout à coup. Elsa calcule, Béatrice Blandy avait minimum vingt ans de plus qu'elle, son mari doit avoir largement la soixantaine.

— Vous devez penser, quel raseur ce type, avec toutes ses questions ! Mais asseyez-vous, nous allons trinquer !

Elsa extirpe de son sac à main la bouteille de vin et son assortiment de fromages de chèvre.

— Vous arrivez avec tout ça de Lyon ? Il ne fallait pas vous encombrer, voyons ! Il y a tout ce qu'il faut ici !

Elsa sourit, gênée. Béatrice Blandy n'aurait jamais commis ce genre d'impair, elle aurait su, elle, ce qui convenait d'apporter pour un déjeuner, surtout un déjeuner chez son mari… Il revient de la cuisine avec une bouteille de champagne et prend place sur un canapé face à Elsa. Une table en verre de forme oblongue divise l'espace entre eux. Elle est chargée d'une collection de petits jouets. En regardant de plus près, Elsa réalise qu'il s'agit de revolvers. Des revolvers-crayons, des revolvers gonflables, de toutes couleurs, de toutes textures.

— Béatrice raffolait des gadgets, dit Thomas Blandy, elle en ramenait de chacun de ses voyages, surtout d'Asie.

— Pas n'importe quels gadgets, sourit Elsa.

— Elle était fascinée par les armes et par la mort. Elle s'enfermait parfois des heures, pour visionner des films d'horreur. Elle en ressortait calmée, complètement soulagée. Il faut croire que ça lui faisait du bien… Servez-vous en saucisson, je vous en prie, vous aimez les pistaches ? J'ai des noix de cajou si vous préférez. Allons, trinquons à votre livre. À notre rencontre !

Thomas Blandy ne ressemble pas du tout aux personnages masculins des romans de sa femme. Ses personnages à elle sont plutôt petits, trapus et dégagent une séduction exclusivement physique, magnétique. Au contraire, Thomas Blandy est élancé, raffiné. Même s'il a gardé une chevelure abondante qui auréole un visage aux traits délicats, quelque chose en lui semble brisé, éteint. Seul son regard vert, un vert marécageux, profond, se fixe sur Elsa par intermittence, comme s'il cherchait à la percer à jour.

Le regard d'Elsa est attiré par un nu de Matisse, accroché entre deux baies vitrées.

« Vous vous intéressez à l'art moderne ? » Elsa acquiesce, elle a suivi des études d'histoire de l'art. Thomas Blandy explique que le père de Béatrice était un collectionneur averti. Sa fille avait hérité de ces œuvres à sa mort, mais, rejetant tout ce qui venait de ses parents, elle avait préféré les conserver dans des coffres-forts. Ce n'est que très récemment que Thomas Blandy s'était décidé à en accrocher certaines et à vivre au milieu d'elles. Leur présence atténuait sa sensation de solitude, l'art n'était pas une consolation, mais un réconfort, oui, certainement.

Il avait été récemment victime d'un cambriolage, mais les voleurs, n'y connaissant rien, avaient préféré embarquer des smartphones et des DVD plutôt que des Picasso et des Matisse.

— Vous avez un Picasso, vraiment ?

— Oui, dit Thomas Blandy, il se trouve dans la cuisine, vous voulez le voir ?

Un Picasso dans la cuisine ? Elsa suit Thomas dans une large pièce baignée de lumière, donnant sur la cour intérieure de l'immeuble. Au mur, derrière une longue table, un collage de Picasso, mais aussi des toiles de Braque, Fernand Léger, Juan Gris... Tous les maîtres du cubisme sont réunis. Elsa s'approche du Picasso, une nature morte dans des tonalités sourdes, beiges et grises.

— Vous pouvez le décrocher, allez-y !

Elsa saisit le tableau. Sans doute la seule fois de sa vie

où elle verra de si près un Picasso. Elle le retourne, le châssis est resté dans son jus, avec les indications du marchand d'art et une date, 1913.

Tandis qu'elle raccroche soigneusement l'œuvre au mur, Thomas Blandy sourit, « c'est toujours émouvant, la première fois, n'est-ce pas ? ».

Il annonce qu'il a préparé un déjeuner très simple, asperges, fenouil et saumon à l'aneth. En terminant son assiette, Elsa repense au passage d'un roman de Béatrice Blandy où la narratrice remarque une feuille de salade coincée entre les dents de son amant mais n'ose jamais intervenir. Elle finit par la lui ôter avec la langue, en l'embrassant.

Thomas Blandy s'excuse, il n'a pas prévu de dessert mais il lui reste des gâteaux de la veille, apportés par des amis, ça ne dérange pas Elsa de finir les restes avec lui ? Il empile plusieurs boîtes de pâtissiers sur la table, certaines ne sont même pas entamées.

— Pour des restes ce sont de beaux restes, dit Elsa en se servant une large part de millefeuille au chocolat. Vous, vous êtes dans le cinéma, c'est ça ?

Thomas lui explique qu'il a produit de nombreux films français dans les années 80 et 90. Même si son nom est inconnu du grand public, il a beaucoup œuvré pour le cinéma d'auteur. Il évoque plusieurs réalisateurs avec lesquels il a travaillé, les acteurs qu'il connaît. Son visage s'illumine quand il prononce les noms d'Isabelle Huppert, de Maurice Pialat, François Truffaut…

Remarquant un petit bureau en marqueterie dans un coin du salon, Elsa l'interrompt.

— Est-ce ici que Béatrice écrivait ?

— Béatrice avait lu Virginia Woolf dans le texte, et tenait énormément à sa *room of one's own*, comment dit-on déjà en français ?

— Une chambre à soi, un lieu pour soi ?

— Voilà. Je n'avais pas le droit d'y pénétrer, sous aucun prétexte. D'ailleurs, depuis sa mort, je n'y ai toujours pas mis les pieds…

À quinze heures, Elsa quittait l'appartement des Blandy. Thomas lui demanda si elle repartait à Lyon, mais non, elle restait quelques jours à Paris, elle avait des rendez-vous. Dans ces cas-là, elle séjournait rue Saint-Antoine, chez une amie dessinatrice qui lui laissait les clés de son atelier. Elsa remercia Thomas Blandy et reprit sa valise. Dans la rue, elle marchait d'un pas raide, il lui semblait qu'elle voyait les gens autrement, comme à travers le filtre d'une pellicule technicolor. Était-ce elle ou eux qui avaient changé ? Le soir, dans l'atelier de son amie Noémie, elle eut du mal à trouver le sommeil. Le visage d'Isabelle Huppert se superposait à celui d'Adjani, puis de Catherine Deneuve… Thomas Blandy finissait par apparaître en maître de cérémonie, il remettait le César de la meilleure actrice à… Béatrice Blandy ! Il y avait des rires, des éclats de voix, une femme criait, « encore un qui pense que le cunnilingus est le nom d'un nuage ! ». Elsa se réveilla, elle était chez son amie, à Paris.

Autour d'elle, des illustrations de livres pour enfants épinglées aux murs, de joyeuses bandes de chiens, de chats, conduisant des autos, faisant de la balançoire... Elle se rendormit quelques instants plus tard, au milieu des boîtes de couleurs et des dessins, et replongea dans les mêmes rêves agités.

3

Cela faisait presque un an qu'Elsa n'avait rien écrit. Hormis les corrections de son dernier roman, *Forum*, avec son éditeur, et quelques commandes pour des revues littéraires, une courte pièce de théâtre aussi, pour un festival, sur le sujet des violences conjugales. Elsa ne parvenait pas à aborder ce thème dans un roman, mais pour le théâtre, c'était l'occasion. La scène décrivait la soirée d'un couple, mari et femme, qui entendait la voisine de palier se faire massacrer par son conjoint, sans jamais intervenir. Le couple se trouvait toutes les raisons du monde pour ne rien faire, malgré les appels de plus en plus désespérés venant de l'appartement voisin. À la fin, les cris se calmaient, le spectateur pouvait imaginer que la voisine était morte, ce qui n'empêchait pas le couple en question de se souhaiter bonne nuit et de se rendormir tranquillement.

Le soir de la première, Elsa fut déçue, il y avait un contresens total sur le texte, la mise en scène jouait sur une confusion entre les cris de terreur de la voisine et des cris de jouissance sexuelle, si bien que la pièce démarrait sur une ambiance complètement vaudevillesque, la salle riant de voir ce couple gêné par les ébats de leurs voisins. Elsa était furieuse, mais n'en dit rien au metteur en scène, de toute façon il était trop tard, la pièce ne serait jouée qu'une seule fois, dans le cadre du festival.

Le lendemain, elle était particulièrement nerveuse et se dit qu'il était plus que temps de se remettre à l'écriture. Elle était allée puiser dans ses dernières ressources pour le précédent roman, il lui semblait qu'elle avait brûlé les ultimes cartouches de sa vie personnelle, dans laquelle elle avait trouvé tous ses sujets jusque-là. Pour la première fois, elle se posait la question du sujet. Quoi écrire ? Quelle histoire ? Le monde en était plein mais laquelle serait suffisamment puissante pour lui inspirer un livre ? Jusqu'ici les romans s'étaient imposés d'eux-mêmes, mais cette fois-ci, rien ne venait. Elle connaissait pour la première fois la fameuse panne d'inspiration, après cinq textes qui avaient jailli presque tout seuls de son stylo. Fallait-il cette fois attendre, comme Béatrice Blandy, que le sujet s'impose de lui-même ? Que revienne l'urgence d'écrire ? Elsa repensait à l'appartement des Blandy. Certes, quand on avait ce train de vie, on pouvait se permettre de patienter quelques années, mais ce n'était pas son cas. Elle avait un loyer à payer, un jeune enfant à élever, il fallait se remettre au travail, et vite. Elle essaya une méthode éprouvée chez les romanciers en mal d'inspiration, s'asseoir chaque matin à sa table de travail et écrire tout ce qui passait par la tête. Écrire, n'importe quoi, mais écrire, deux heures par jour minimum. Ça ne donnait rien hormis des élucubrations comme, *J'aimerais bien qu'on en finisse avec ces mots perdus et tout ce temps gaspillé, avancer un peu, sans entraves, et pouvoir continuer à… continuer à…*

Parfois elle allait au café le matin et tentait de s'inspirer des conversations alentour. Elle découvrit à cette occasion que les bars de son quartier étaient essentiellement fréquentés par des agents immobiliers et de jeunes mères, *J'ai un produit en or pour vous, monsieur Desmarteaux, un excellent placement à 5 % de renta net… — Mon lait gicle assez fort et au début j'avais peur que bébé s'étouffe. — Mireille, as-tu essayé les tisanes d'allaitement ?…* Thomas Blandy continuait de lui envoyer des messages et elle se confia sur ses difficultés. Il la rassura, lui dit qu'il était en train de lire ses précédents romans, qu'elle avait du talent. L'écriture était un processus, il ne fallait pas trop le précipiter. Savoir être patient jusqu'à ce que le terreau se refasse. En attendant, pourquoi ne revenait-elle pas lui rendre visite à Paris ? Ils pourraient se promener aux Tuileries ? Ou voir ensemble une exposition, un film ? Elsa se dit que l'idée n'était pas si mauvaise. Au lieu d'attendre que l'inspiration lui tombe dessus, il fallait peut-être se contenter de vivre, après tout. Et si le processus pour la première fois s'inversait ? S'il ne s'agissait plus d'écrire sur son passé ou sur sa vie qu'Elsa avait fini par vider de tous ses sujets, mais au contraire de susciter les événements qui pourraient l'inspirer ? Puisque les histoires ne venaient pas à elle, elle pouvait aller vers elles, les provoquer. Béatrice Blandy, son mari, le monde du cinéma, des collectionneurs d'art, elle trouverait sûrement des sources d'inspiration dans tout ça. Mais non, c'était idiot, l'écriture nécessitait une vie d'ermite, telle qu'elle l'avait toujours vécue jusque-là. Paris et ses mondanités, c'était un piège, une fuite en avant, elle se fourvoyait. Les sujets étaient en elle, pas à l'extérieur. Elle échangea encore plusieurs messages avec Thomas, toujours plus chaleureux, plus familiers. Et profita d'un nouveau déplacement professionnel à Paris pour le revoir.

En arrivant chez Thomas, plusieurs piles de livres l'attendaient. Il s'était procuré tous ses romans en plusieurs exemplaires et tenait à ce qu'elle les signe pour des amis à lui. Il avait préparé une liste de noms, une vraie séance de signature, comme en librairie. Elsa le remercia, flattée de dédicacer ses livres à des actrices célèbres, des metteurs en scène dont elle n'aurait jamais osé espérer qu'ils la lisent un jour. Thomas avait à nouveau préparé un déjeuner délicieux, mis des fleurs sur la table. Il lui parut plus attirant que la première fois, aminci, changé. Il lui dit qu'il revenait de deux semaines de jeûne.

— Un jeûne ?

— Oui, je ne vous en ai pas parlé, je suis parti en cure sur le lac de Constance. J'ai beaucoup grossi ces dernières années, j'avais besoin de me reprendre en main…

— Vous ne vous y êtes pas ennuyé ?

— Pas du tout, j'ai passé tout mon temps avec vous, je lisais vos romans !

— Merci, je ne sais pas quoi dire…

— Et le changement ne s'arrête pas là, j'ai décidé de déménager.

— Mais pourquoi ?

Les souvenirs s'étaient accumulés dans ce lieu et le confinement n'avait rien arrangé. Sa décision était prise, il ne supporterait pas un hiver de plus ici. Il avait justement visité un appartement qui donnait sur le Luxembourg et lui plaisait beaucoup. Il proposa à Elsa de le revoir avec elle.

— Avec moi ? Mais pourquoi ?

— Ça ne vous amuserait pas ?

Elsa contempla le salon autour d'eux. Chaque chose ici avait été choisie avec goût par Béatrice. Elle s'était donné tant de mal pour construire un lieu sublime reflétant sa personnalité et celle de son mari, et quoi ? Il pensait à partir ?

— Vous aurez du mal à trouver un logement plus beau que le vôtre.

— C'est possible…

Après le déjeuner, Thomas lui proposa de sortir faire quelques pas aux Tuileries. Il passa un long manteau de cachemire. Elsa était en jean, avec une courte veste de cuir noir. « Vous n'avez que ça à vous mettre sur le dos ? » dit-il en riant. Il disparut quelques instants et revint avec une écharpe bleu turquoise. « Tenez, prenez ! » Elsa refusa, gênée. « Elle ne vous plaît pas ? Vous en voulez une autre ? » Elsa suivit Thomas jusque dans sa chambre, leur chambre. Celle où Béatrice Blandy avait passé ses dernières journées. Celle où elle avait pensé à ses futurs romans, où elle s'était sans doute relevée la nuit pour noter un mot, une idée. Celle où elle avait fait l'amour. Le lit, immense, était recouvert de draps clairs aux rayures colorées. En face, un grand dessin représentant un revolver tracé au fusain. La signature, énorme : *Andy Warhol.* Était-il déjà là lorsque Béatrice Blandy dormait ici ou Thomas l'avait-il accroché après sa mort ? Une salle de bains jouxtait la chambre. C'est celle de Béatrice, précisa Thomas. La sienne était de l'autre côté de l'appartement, près de la chambre d'amis. Elsa se demanda si les Blandy faisaient chambre à part. Béatrice avait-elle passé ses derniers mois seule dans sa chambre ? Étaient-ils ce genre de couple qui s'invite de temps en temps pour passer une nuit ensemble ? Dans les romans de Béatrice Blandy, les couples faisaient l'amour de façon assez brutale, animale, la séduction reposant souvent sur un geste, une odeur... mais dans les romans de Béatrice Blandy, il s'agissait toujours de relations courtes, une nuit, quelques semaines, rarement plus. Que seraient devenus ces couples s'ils s'étaient finalement installés ensemble, au bout de trente ans ? Pourquoi Béatrice Blandy n'en parlait-elle jamais dans ses romans ? L'usure du couple, elle devait pourtant en connaître quelque chose.

Au milieu de la salle de bains, qui faisait la taille d'un studio, trônait une baignoire de marbre à la robinetterie dorée. Deux pans de mur étaient recouverts de miroirs. Thomas pressa sur l'un deux, qui s'ouvrit sur de larges rayonnages de vêtements. Il en sortit une pile de foulards, tous dans les camaïeux de bleu. La couleur des yeux de Béatrice, bien sûr, son regard bleu magnétique, sur toutes les images, des couvertures de ses livres jusque sur internet. Elsa saisit l'écharpe sur le dessus de la pile. Elle était en cachemire, chaude et aérienne. Elle l'approcha de son visage et ferma les yeux. Le tissu était imprégné d'un parfum léger, fruité. Le parfum de Béatrice, bien sûr. « Allons, ne faites pas l'enfant, gronda Thomas, prenez cette écharpe ou vous allez attraper une bronchite ! »

Aux Tuileries, l'allure souveraine de Thomas tranchait avec celle des groupes de touristes ou de sportifs. Avec sa haute stature et son manteau de cachemire, il déambulait dans les allées perpendiculaires du jardin comme s'il s'agissait d'une simple extension de ses appartements.

— Nous avions l'habitude de venir marcher ici chaque jour, avec ma femme. Nous faisions deux fois le tour du jardin, puis nous prenions un café là-bas, près des kiosques.

Autour du bassin, quelques enfants trottinaient avec une tige de bois, tentant de diriger leurs bateaux à voile vers le centre du bassin. Sur les chaises en fer, des cadres avalaient leur sandwich en pianotant sur leur téléphone. Un enfant éclata en sanglots, son bateau restait coincé sous la fontaine. Sa mère le consola en anglais. Elsa pensa à son fils, où était-il à cette heure-ci ? Peut-être aussi au parc, à Lyon, avec son père ? Il lui manquait terriblement tout à coup. Elle se promit de l'appeler dans la journée. Plus loin, une femme âgée distribuait du pain aux pigeons, toujours plus nombreux autour d'elle. À un moment, la silhouette de la vieille femme, courbée en deux, disparut tout à fait sous la nuée d'oiseaux. Elsa pensa à Hitchcock. *Les oiseaux.* Mais aussi à *Rebecca.* Ce film où une jeune femme s'éprend d'un veuf et le suit à Manderley, dans la propriété où sa première femme a disparu. «J'ai rêvé l'autre nuit que je retournais à Manderley.» Les premiers mots du film. C'était un roman surtout, qu'Elsa n'avait jamais réussi à terminer. Elle sortit un carnet de son sac dans lequel elle griffonna, «relire *Rebecca,* le roman».

— Vous prenez des notes, Elsa? L'inspiration revient?

— Non, non, je me disais juste que je devais relire *Rebecca.*

— J'aime beaucoup le film, et cette actrice, Joan Fontaine, elle est formidable!

— Vous l'avez connue?

— Vous vous moquez de moi? Le film date de 1940!

Elsa éclata de rire. À son cou, l'écharpe de Béatrice.

— C'était quoi le parfum de Béatrice?

— *Extrait de pamplemousse,* d'Hermès.

— C'est tellement féminin…

— Pas du tout, c'est un parfum pour homme. Béatrice ne portait que des parfums d'homme.

4

C'est dans la cuisine, sous le Picasso, que Thomas prit Elsa dans ses bras pour la première fois. Il embrassa d'abord ses cheveux, ses tempes, puis très doucement sa bouche. Elsa le laissa faire. Elle aima ses lèvres, sa bouche large, sa bouche de Méditerranéen. Elle aima sa peau brune, chaude, sa peau de Méditerranéen. Elle ne savait pas encore si Thomas lui plaisait vraiment, s'il était bien *son genre*. C'était le genre de Béatrice Blandy et pour le moment, cela lui suffisait. Si cette écrivaine géniale avait pu passer presque trois décennies auprès de lui, si elle avait pu écrire ses chefs-d'œuvre à ses côtés, c'est qu'il avait forcément quelque chose. Ce quelque chose qu'elle n'avait encore trouvé auprès d'aucun homme, et qui saurait peut-être la retenir. Elle n'avait qu'à s'inscrire dans les traces de Béatrice, suivre son exemple.

Elsa se demandait comment ce serait de coucher avec un homme de vingt-cinq ans de plus qu'elle. Habillé, Thomas était encore un très bel homme, mais comment serait son corps nu ? À quoi ressembleraient son torse, sa chair, son sexe ? Serait-il capable de bander ? Quelle était la sexualité d'un homme de son âge ? Elle ne pouvait s'empêcher de penser au corps de son père. Flasque, blanc, un corps qui semblait avoir renoncé à l'amour. Un corps vieillissant. Le corps de son père sur un lit d'hôpital quelques années plus tôt lorsqu'il avait subi une lourde opération cardiaque. Un corps abandonné à la médecine, dans une salle de réanimation, trois jours durant. Mais Thomas avait quatre ans de moins que son père. Quatre ans, est-ce que cela faisait vraiment une différence ?

Elle débarqua chez lui un après-midi, après une semaine d'absence. Elle arrivait directement de Lyon, avec sa valise rouge. Pendant qu'il préparait un thé, il lui demanda ce qu'elle transportait dans cette énorme valise.

— Des vêtements, tout pour une semaine à Paris !

— Je vais vous appeler la fille à la valise…

Si Elsa avait été plus organisée, elle n'aurait emporté que deux ou trois tenues et se serait contentée d'un simple sac de voyage. Sa valise rouge faisait vraiment tache dans le hall immaculé des Blandy, comme une boursouflure. Les fermetures éclair, tendues à bloc, témoignaient du mal qu'elle avait eu à les remonter le matin même.

— Vous avez vu le film ?

— Quel film ?

— *La fille à la valise*, avec Claudia Cardinale, c'est excellent !

Ils s'installèrent au salon, pour prendre le thé. Chacun sur une banquette, la longue table basse couverte des revolvers entre eux. Elsa eut envie de balayer d'un revers de la main tous ces bibelots, ce décorum qui se dressait entre Thomas et elle. Mais il se leva et lui tendit la main :

— Et si on boycottait la cérémonie du thé ?

Il l'entraîna vers la chambre où il se déshabilla rapidement. Il s'allongea sur le lit, entièrement nu. Il avait de longues jambes brunes et le torse très poilu où se mélangeaient les poils sombres et les poils blancs. Elsa s'assit près de lui et se déshabilla pendant qu'il l'observait en silence. Jusqu'ici elle avait joué, mue par la curiosité, la première scène, comme dans un film, puis la deuxième, sans savoir où ça la mènerait. C'était attirant, c'était intrigant, c'était nouveau. Mais maintenant qu'ils allaient faire l'amour, quelque chose d'irrémédiable allait se produire. Elle saurait s'il lui plaisait vraiment. Si son corps allait aimer le sien. Si sa peau allait réagir au contact de la sienne. Elle eut le trac, soudain. Elle fit passer son tee-shirt par-dessus sa tête. Puis glisser son jean, qui atterrit en boule sur la descente de lit en laine écrue. Elle sentait le regard de Thomas sur elle. Il devait la trouver belle, ou du moins jeune. Peut-être comparait-il la taille de sa poitrine à celle de Béatrice. Béatrice avait-elle les seins en poire, comme elle ? Non, elle avait sûrement des seins lourds, ronds, des seins de femme épanouie. Thomas frôla sa taille et l'attira vers lui. Son visage était grave, comme s'il s'apprêtait à faire la chose la plus sérieuse du monde. Ce n'est rien, pensa-t-elle, ce n'est rien tu sais, on va juste faire l'amour toi et moi. Sa peau était fine et tendre, presque moelleuse. Sous ses doigts, le sexe de Thomas banda tout de suite. Elle s'allongea sur lui et commença à onduler doucement. Thomas lui chuchota à l'oreille qu'il voulait l'embrasser. Elle eut envie de rire. Ils s'embrassaient déjà depuis de longues minutes. Mais la bouche de Thomas, la sublime bouche de Thomas descendit de ses lèvres à ses seins, puis de ses seins à son ventre. Se posa sur sa vulve. C'était donc ça qu'il appelait embrasser ? Elsa ferma les yeux et soupira d'aise. Quand elle les rouvrit, elle croisa ceux de Béatrice, en photo sur la table de chevet. Son regard bleu la pénétra violemment. Que fais-tu chez moi ? Que fais-tu dans mes draps ?

Elsa essaya de repousser Thomas mais cela sembla l'exciter davantage. Elle ne pouvait plus détacher son regard de celui de Béatrice. Une terreur enfantine l'envahit. C'est vrai, que faisait-elle ici ? Dans la chambre des Blandy ! Dans la chambre des parents ! Sur la photo, le visage de Béatrice était déformé par un rictus, sa bouche s'ouvrit et articula : « Dégage, putain, dégage ! »

Le visage entre ses jambes, Thomas la suppliait de se laisser faire.

— J'adore, putain, j'adore…

Elsa se redressa et cria.

Thomas prit un air penaud.

— Je ne sais plus m'y prendre ? Ça fait si longtemps…

— Ce n'est pas ça…

— C'est quoi alors ?

— Faire l'amour ici, dans le lit que vous partagiez avec votre femme…

Le visage de Thomas s'assombrit. Il murmura que c'est ce que Béatrice aurait voulu pour lui.

— Elle ne voulait pas que je reste seul.

— Vous êtes sûr ?

— C'est elle-même qui me l'a dit.

— Avant de mourir ?

— Oui, avant de mourir.

5

Pénétrer dans la salle de bains de Béatrice Blandy. Faire couler l'eau brûlante dans sa baignoire. Verser quelques gouttes de bain moussant et se laisser glisser dans l'eau parfumée. Se sécher avec une serviette brodée aux initiales BB. Se coiffer avec la brosse de Béatrice Blandy, mêler ses cheveux châtains aux siens, plus bruns, plus drus, presque noirs. Brancher son sèche-cheveux. Utiliser ses derniers disques à démaquiller. Tester sa crème de jour, un sérum anti-âge aux extraits de pépin de raisin. Un truc sûrement hors de prix. Ouvrir grand la penderie. Effleurer les vestes, les tailleurs, les chemisiers impeccablement repassés, pliés, alignés. Faire glisser de son cintre une robe Armani en satin de crêpe. Ouvrir la fermeture éclair et enfiler la robe, ajuster les agrafes. Admirer comme le tissu tombe à la perfection. Comme le décolleté est avantageux. Tout partager avec Béatrice Blandy. Son mec, son appart, ses fringues, pourquoi pas ? Elsa observa son nouveau reflet. Oui, elle n'était pas mal comme ça, elle n'était même pas mal du tout.

6

Petit à petit, Elsa prit ses quartiers chez Thomas. Il lui laissa un double de ses clés, insista afin qu'elle laisse des effets chez lui. Elle prit le rythme de venir une semaine sur deux, dès qu'elle n'avait plus la garde de son fils à Lyon, sa semaine off, elle sautait dans le premier TGV pour retrouver Thomas.

Paola, la femme de ménage des Blandy, venait presque chaque après-midi. Outre le ménage, elle s'occupait aussi du linge et du repassage. C'était une Colombienne d'une cinquantaine d'années, petite et trapue. Thomas la disait très attachée à Béatrice, qui lui avait à plusieurs reprises prêté de l'argent. Paola vivait avec un conjoint violent, et, grâce à l'argent de Béatrice, elle avait pu déménager et se mettre à l'abri, avec ses enfants. Cela faisait plus de quinze ans que Paola s'occupait de l'appartement des Blandy. Connaissait-on mieux les lieux lorsqu'on ne faisait qu'y passer, comme Thomas et sa femme, ou lorsqu'on les entretenait, pièce après pièce, recoin après recoin ? Elsa, qui était en pleine relecture de *Rebecca*, de

Daphné Du Maurier, commença à surnommer Paola « miss Danvers », comme l'intendante de Manderley. Allait-elle, comme dans le roman, s'interposer entre Thomas et elle ? Vivait-elle avec le fantôme de Béatrice ? Allait-elle tenter de pousser Elsa au suicide ? Mettre le feu à l'immeuble ? Était-elle secrètement amoureuse de Béatrice, ou même de Thomas ? Paola affichait un éternel sourire lorsqu'elle travaillait chez les Blandy. Rien de comparable au premier abord avec la miss Danvers de Manderley. Thomas n'était pas non plus le veuf torturé du roman, on pouvait difficilement le soupçonner d'avoir éliminé sa femme, Béatrice avait eu un cancer et subi plusieurs chimiothérapies dont tous leurs amis avaient été témoins. C'était un couple que tout le monde admirait. Vingt-huit ans d'amour et pas une seule dispute, comme il lui avait déjà dit plusieurs fois. D'ailleurs, quand il parlait d'elle, il disait encore « ma femme », « avec ma femme, on a vécu vingt-huit ans d'amour, sans un nuage, pas un seul ».

Chaque matin, Elsa se réveillait avec la photo de Béatrice qui l'observait. C'était devenu le baromètre de sa journée. Si Béatrice avait le regard bleu clair, ce serait une bonne journée. Si elle avait son visage sombre, c'était mal barré. En levant un peu les yeux, Elsa apercevait une autre photo de l'écrivaine à l'âge de quatre-cinq ans, « elle n'est pas mignonne comme ça, avec sa petite robe de chambre ? » lui avait glissé Thomas un matin. Sur l'étagère à droite du lit, la série continuait avec Béatrice adolescente, riant de toutes ses dents, qu'elle avait déformées par des bagues. Suivaient des photos de famille encadrées, où l'on pouvait voir Béatrice et sa mère, Béatrice et Thomas s'embrassant à pleine bouche ou enlacés sur un slow. Sur le rebord de la fenêtre, il y avait encore un portrait de Béatrice portant short et raquette de tennis, riant au photographe, qu'Elsa s'imaginait être Thomas.

Elsa observait aussi les photos de Thomas à son âge, la quarantaine, mais aussi à vingt ans, à trente ans... Comme sa femme, il était toujours élégant, son abondante chevelure n'avait pas encore blanchi, il n'avait pas ce visage buriné, qui faisait ressortir ses yeux verts. Il n'avait pas encore cet air grave, intense, qu'il avait parfois en présence d'Elsa, et qui la bouleversait. Non, il paraissait un peu falot sur les photos, un peu lisse. Lui aurait-il plu alors ? Rien n'était moins sûr. C'était bien le Thomas d'aujourd'hui, avec l'âge qu'il avait, avec le visage qu'il avait, qu'elle préférait. Le Thomas d'autrefois, elle serait sans doute complètement passée à côté.

Elsa découvrait l'immense bibliothèque de Béatrice. Elle avait pris grand soin de ses livres, impeccablement alignés par ordre alphabétique d'auteurs, à la différence de ceux d'Elsa, qui étaient empilés sur des étagères de fortune, dans son trois-pièces lyonnais. Parmi les ouvrages de Béatrice, Elsa choisissait en priorité ceux qui étaient cornés, fatigués d'avoir été lus et relus. Elle était émue d'y retrouver un mot souligné par Béatrice, un point d'exclamation dans la marge, et parfois ses nom et prénom, sur la page de garde, tracés d'une écriture ronde, appliquée, presque enfantine. Béatrice avait beaucoup lu Sagan, Scott Fitzgerald, Salinger, Oscar Wilde mais aussi Virginia Woolf, Dorothy Parker, Colette, George Sand… Son univers oscillait entre la littérature anglo-saxonne et les premières œuvres féministes. Elsa feuilletait ces classiques avec les yeux de Béatrice, cherchant dans chacun de ces livres ce qui lui avait tant plu, et peut-être ce qui lui avait donné envie d'écrire elle aussi. Lorsque Béatrice avait souligné une phrase, annoté un paragraphe, Elsa se demandait ce qui avait pu résonner en elle, ce qui avait retenu son attention, comment elle s'en était inspirée dans ses propres romans.

Thomas la laissait errer dans l'appartement sans jamais intervenir, « vous faites comme les chats, vous testez tous les endroits de la maison », ironisait-il quand il la voyait déambuler en tee-shirt et chaussettes, son ordinateur à la main, cherchant où s'installer. Elle se posait dans la chambre, mais Paola venait vite la déloger, il fallait qu'elle passe l'aspirateur ou qu'elle fasse les poussières, alors Elsa migrait vers la cuisine, claire et ensoleillée, pas loin du Picasso. « C'est drôle, Béatrice se mettait souvent là aussi, pour faire son courrier ou pour lire », remarquait Thomas. Paola arrivait alors pour faire la vaisselle, du repassage, ranger des courses. Elsa, qui n'avait pas l'habitude de voir quelqu'un s'occuper de son intérieur, avait parfois le sentiment de redevenir cette enfant que sa mère chassait des pièces l'une après l'autre pour pouvoir les nettoyer, et de n'avoir plus aucune solution de repli malgré la taille gigantesque de l'appartement. Elle finissait par se réfugier dans le salon, prenait un coussin et s'installait en tailleur sur le parquet, écartait les gadgets de Béatrice sur la table basse afin d'y poser son ordinateur, ses écouteurs, ses livres. Dès qu'elle levait le siège, Paola se précipitait, afin que chaque objet retrouve sa place. Sa place éternelle, ainsi qu'en avait décidé Béatrice.

Thomas avait sa pièce où trônaient son spacieux bureau en verre et merisier massif, son ordinateur, son imprimante et, près des fenêtres, des fauteuils Chesterfield sur lesquels il s'installait pour lire confortablement ses journaux, ou passer ses appels téléphoniques. Les murs étaient soulignés, du sol au plafond, par d'élégantes étagères, chargées d'ouvrages spécialisés dans le cinéma et, dans une pièce adjacente, par une DVDthèque qui contenait presque tous les films essentiels du vingtième siècle, de Chaplin à Truffaut en passant par Bergman et Varda.

Elsa aurait aimé, elle aussi, pouvoir poser son ordinateur et ses affaires, ne pas avoir à migrer à chaque fois. Mais elle n'osait pas parler à Thomas du bureau de Béatrice. L'accès à cette pièce était frappé d'un tel interdit qu'elle n'avait jamais seulement essayé de l'entrouvrir pour vérifier si elle était verrouillée ou non.

Un matin, elle se retrouva seule dans l'appartement. Thomas avait dû se rendre en urgence à un rendez-vous et Paola n'était pas encore arrivée. Elle eut envie de jeter un œil là-haut. Toutes les pièces de l'appartement étaient équipées de petits boîtiers de forme sphérique, suspendus en hauteur, il y en avait un juste à l'entrée du bureau de Béatrice. S'agissait-il d'une caméra ? Ou tout simplement d'un dispositif d'alarme en cas d'incendie, comme il était maintenant obligatoire d'en équiper tous les appartements ?

Elsa actionna la poignée de la porte qui s'ouvrit aussitôt. Un escalier sombre lui faisait face. Elle appuya sur l'interrupteur et escalada les premières marches. Elles grinçaient. Contrairement au reste de l'appartement, cette pièce semblait n'avoir jamais été rénovée. Elle ressemblait en tout point à une ancienne chambre de bonne. La présence d'une autre porte dans la pièce indiquait une autre sortie, probablement sur un couloir de service. Un velux perçait au plafond, dont le rideau était aux trois quarts refermé. Elsa ne parvint pas à l'ouvrir. Elle s'installa au bureau de Béatrice. Un tissu protégeait le meuble, sur lequel trônait un portable MacBook Air en acier gris. Exactement le même modèle que celui d'Elsa. À sa droite, une chemise à élastique, sur laquelle était inscrit au marqueur noir « ARTICLES DE PRESSE ». Elsa ouvrit le dossier avec précaution. Des coupures de presse jaunies. « *La nièce de Simenon a assassiné son mari. Jugée pour meurtre à Bruxelles, Geneviève Simenon encourt trente ans de réclusion pour avoir tué son compagnon et tenté de camoufler le crime en juin 2000.* » Elsa reposa l'article et lut le suivant, « *L'amour est un plat qui se mange froid : Le procès de Martine Zimmerman qui a tué son amant pour le transformer en plat cuisiné.* » Une photo de la meurtrière avec en légende, « *Quand on aime son homme, on le cuisine aux petits oignons* ».

Un autre article titrait, « *Sylvie Reviriego, comment elle a tué et dépecé sa meilleure amie* ». Un paragraphe était souligné au crayon, « *Sylvie commence par découper la tête de Françoise et la cache sous un seau, pour ne plus voir sa gueule, dit-elle. Munie de sa blouse d'infirmière, elle continue le dépeçage sur le balcon...* » La porte du bas claqua violemment. Elsa referma la pochette à la hâte et descendit les escaliers quatre à quatre. Paola était-elle passée ramener du linge ou vérifier quelque chose ? Elle tendit l'oreille. Aucun bruit dans l'appartement autre que celui de la rue. Une fenêtre avait dû rester ouverte et provoquer un courant d'air. Elsa remonta l'étroit escalier, le cœur battant. Béatrice s'apprêtait-elle à écrire un nouveau roman sur une femme meurtrière ? Elsa repensa à la présence des revolvers dans l'appartement. Des jouets, certes, mais qui Béatrice avait-elle envie de tuer ? Pourquoi cette obsession ?

Elle entrouvrit un tiroir, plusieurs flacons de vitamines, tous périmés. Une boîte de bois exotique, dont la peinture s'était presque estompée, contenant une collection de cartes à l'enseigne de différentes marques, Galeries Lafayette, Fnac, Nocibé, Air France, BHV... des cartes de réduction pour Béatrice qui ne pourrait plus voyager, aller au restaurant ou acheter de vêtements, même soldés. Elsa replaça soigneusement les cartes dans la petite boîte.

Sur le bureau, un pot de plastique orange débordant de stylos de toutes tailles. Elsa attrapa un stylomine et en respira la gomme à l'extrémité. La fit doucement rouler sur ses lèvres. Dire que Béatrice avait tenu ce stylo entre ses doigts, qu'elle avait peut-être écrit avec le premier jet d'un roman. Elsa saisit un bic, en appuya la pointe sur un bloc de post-it. La bille accrocha et rien n'en sortit. Elle pressa le stylo pour le forcer à rendre son encre, rien à faire. La pointe avait-elle séché ? Peut-être qu'à force de ne servir à personne, les stylos meurent, eux aussi ? Elsa en testa un autre, puis un autre, aucun ne fonctionnait. Les stylos de Béatrice, ces stylos dont étaient sortis les livres qui avaient changé la vie de tant de lecteurs, ces stylos semblaient avoir rendu l'âme, comme leur propriétaire. Le cœur d'Elsa se serra. Plus jamais Béatrice ne grimperait quatre à quatre les marches menant à son bureau, plus jamais elle ne s'assiérait à sa table de travail ni n'écrirait la moindre ligne. Elsa, elle, était encore vivante. Elle avait cette chance, oui, elle était vivante et elle pouvait se lever aussitôt, claquer la porte de cet appartement si ça lui chantait. Elle était libre, vivante et libre. Elle pouvait tout aussi bien continuer là où Béatrice avait dû s'arrêter, oui, elle le réalisait à présent, chaque jour était un jour de gagné, chaque jour était une victoire, vieillir n'était pas une défaite, bien au contraire, c'était une conquête ! Qu'allait-elle faire de cette liberté ? Écrirait-elle un jour des livres aussi bons que ceux de Béatrice ?

7

Un jour qu'Elsa était chez Thomas, il lui annonça la visite de Florence Garnier, l'éditrice de Béatrice. Elle serait accompagnée d'Eva Meyer, la journaliste star. Le genre de journaliste qui avait toujours encensé les livres de Béatrice mais qui n'avait sans doute jamais pris la peine d'entrouvrir ceux envoyés par la modeste maison d'édition d'Elsa. Les deux femmes avaient quelque chose à demander à Thomas. Il avait sa petite idée sur la question et préférait les recevoir seul. Il n'en aurait pas pour longtemps. Elsa, qui travaillait dans la chambre d'amis, l'entendit les accueillir et les faire entrer dans le salon. Des bribes de conversation lui parvenaient jusqu'à la chambre :

— Béatrice était en train de terminer un manuscrit, elle en parlait depuis plusieurs mois…

Une autre voix féminine, peut-être la journaliste Eva Meyer, insistait, oui, elle avait vu plusieurs fois Béatrice, et elle aussi l'avait entendue parler d'un roman en cours.

— Elle était complètement excitée par ce projet, elle

disait qu'elle avait découvert quelque chose, que c'était un texte totalement différent…

— Que ce serait son meilleur ! renchérissait la première.

Il y eut un silence, les deux femmes semblaient attendre une réponse de Thomas, qui ne venait pas. Elsa entendait tinter les cuillères dans les tasses à café.

— Nous vous avons envoyé plusieurs courriers à ce sujet, Thomas, qui sont restés sans réponse… Nous voulions laisser passer, disons, le temps du deuil. Ça va bientôt faire deux ans, avez-vous eu connaissance de ce manuscrit ? L'avez-vous trouvé ? Il doit sûrement être dans son bureau ! Elle écrivait toujours sur ces petits carnets qu'elle achetait au Japon…

— Ou peut-être déjà sur un fichier ? Dans son ordinateur ? insistait l'autre voix.

Thomas dit que non, il n'allait jamais dans le bureau de Béatrice. Sa femme s'était sans doute un peu avancée en parlant de ce projet, il n'y avait à sa connaissance aucun manuscrit en cours.

— Mais c'est impossible, répétait l'éditrice, impossible, Béatrice était superstitieuse, elle n'aurait jamais parlé d'un texte si elle n'était pas certaine de tenir quelque chose…

Thomas était catégorique. Il vivait avec Béatrice, s'il y avait eu le moindre roman en cours, il aurait été le premier au courant.

Elsa s'était rapprochée de la porte de la chambre et écoutait.

— Thomas, si vous ne voulez pas entrer dans son bureau, permettez-moi de le faire, je suis son éditrice, tout de même !

— C'est impossible, dit Thomas.

— Mais vous pensez aux lecteurs ? Ils attendent ce texte ! Ils sont en droit de le lire !

— Ma chère Florence, vous vous êtes entendue ? Le droit des lecteurs ? Vous sortez ça de votre chapeau ? Même si Béatrice avait commencé un texte, comme vous semblez le croire, pensez-vous qu'elle aurait aimé qu'il soit publié, alors qu'elle ne l'avait ni terminé ni corrigé ?

— Mais nous pouvons le corriger, répondit l'éditrice, si ce n'est que ça ! Ce serait en tous les cas un document précieux, laissez-nous au moins en prendre connaissance pour en juger nous-mêmes !

Thomas haussait le ton à présent :

— Puisque je vous dis qu'il n'y a rien, pas d'inédit, pas de roman en cours, absolument rien !

— Béatrice a passé ses dernières semaines à lutter contre la maladie, sans doute a-t-elle oublié de vous en parler, il y avait d'autres urgences... Mais comprenez-moi, Thomas, même inachevé, un manuscrit de Béatrice, ce serait vraiment formidable...

— Formidable pour vous, je veux bien le croire. Vous me faites penser à ces nazis dans les camps, qui cherchaient l'or jusque sur les dents des cadavres.

— Thomas ! Me dire ça à moi ! Moi, moi dont les grands-parents... Comment osez-vous !

— Et vous, comment osez-vous ? Je vais vous dire la

vérité une fois pour toutes. Béatrice n'écrivait plus du tout, et vous savez pourquoi ? Parce qu'elle était heureuse. Oui, heureuse. Elle me répétait qu'elle n'avait plus besoin d'écrire, que la vie lui suffisait. Peut-être vous a-t-elle fait croire à un texte, parce que vous la tanciez toujours avec ça, « à quand ton prochain manuscrit Béatrice ? Tu avances Béatrice ? Tu en es où Béatrice ? ». Mais la vérité, c'est que ça ne l'intéressait plus. Elle était passée à autre chose... alors ne venez pas nous emmerder avec le « droit des lecteurs », s'il vous plaît !

Il y eut un bruit de chaises, des pas précipités. Elsa entendit les deux femmes se diriger vers la porte d'entrée, qui claqua. Quand Thomas vint la retrouver dans la chambre, il souriait, comme un garnement fier de son mauvais coup.

— Vous les avez entendues ces deux furies ? Je vous les ai envoyées balader ! De vraies croquemitaines !

— Qu'est-ce qu'elles voulaient ?

— Des inédits de Béatrice, comme s'il y en avait !

— Elle jouait son rôle d'éditrice, j'imagine. Mais il n'y a vraiment rien, vous en êtes sûr ?

— Oh, vous n'allez pas vous y mettre, vous aussi ! Je leur ai dit la vérité : Béatrice n'écrivait plus, parce qu'elle était heureuse. Ça, c'était avant son cancer, bien sûr. Elle me l'avait dit à moi, que si un jour elle se remettait à écrire, son sujet, ce serait le bonheur... Mais elle n'a pas eu le temps, et au rythme où elle travaillait de toute façon, il n'y aurait jamais eu de quoi faire une Pléiade...

8

Elsa appela son amie Noémie pour l'avertir qu'elle lui rendait les clés de son atelier, elle n'en avait plus besoin pour le moment.

— Ah bon, tu ne viens plus à Paris ?

— Au contraire, j'y suis de plus en plus souvent. J'ai rencontré quelqu'un…

— Merveilleux, tu nous le présenteras ?

— C'est le mari de Béatrice Blandy… Thomas Blandy, le producteur.

— Mais il a quel âge ?

— L'âge de mon père, quasi.

— Il était temps de faire ton complexe d'Œdipe à quarante piges ! C'est pas terrible pour une féministe !

— Tu comprendras quand tu le rencontreras, il est vraiment incroyable…

— Eh bien si les femmes de quarante ans sortent avec les hommes de soixante, celles de cinquante avec ceux de soixante-dix, on leur laisse qui à nos mères ? Les cadavres ?

La voix de Noémie tremblait de colère.

— Désolée, je ne savais pas que le sujet était si sensible…

— Nos choix amoureux sont éminemment politiques.

— En même temps, Thomas est veuf…

— Le mari de ma sœur vient de la quitter pour une gamine d'à peine vingt-cinq ans, alors je suis vénère. J'espère au moins qu'il te rend heureuse, ton Monsieur Blandy !

— Il est sensible, profond… et en même temps drôle, léger…

— Enfin un homme avec qui tu ne vas pas t'ennuyer !

Elsa demanda à Noémie si elle avait déjà rencontré Béatrice Blandy. Oui, bien sûr, elle l'avait croisée à plusieurs reprises dans des festivals.

— Et tu l'avais trouvée comment ?

— Rayonnante ! N'importe qui te le dira ! Elle dégageait quelque chose de tellement lumineux… C'est simple, dès qu'elle entrait dans une pièce, on ne voyait plus qu'elle.

Elsa l'interrompit :

— L'éditrice de Béatrice est passée chez Thomas. Elle cherchait des inédits.

— Tu m'étonnes, ils n'en ont pas fini avec la vache à lait. Ils ont déjà adapté tous ses textes en bande dessinée, en film, j'ai vu qu'ils préparaient même une pièce de théâtre… Son nom fait vendre, ils auraient tort de se priver.

— Je te parle d'autre chose, un texte que Béatrice aurait commencé et qui a disparu…

— Le scoop ! Et il serait où ce texte ?
— Chez elle j'imagine !
— Mais c'est génial, te voilà aux premières loges !
— Je ne vais quand même pas me mettre à fouiller…
— Mais ne te gêne pas, fouille ! T'es écrivain ou pas ?

II

EXPLORER

Explorer : *Parcourir (une zone géographique mal connue) en l'étudiant avec soin. Explorer une île.*

9

Elsa hésitait. Et si l'éditrice avait vu juste ? Et si un inédit de Béatrice Blandy dormait là-haut, dans la petite chambre de service, juste au-dessus de leurs têtes ? Elle serait la première à le lire ! Si Béatrice n'avait donné aucune consigne à Thomas, c'est qu'elle ne souhaitait rien en faire. Mais alors, pourquoi en avoir parlé à son éditrice ? Pourquoi celle-ci était si sûre d'elle ? Les éditeurs connaissent-ils mieux les auteurs que leurs maris et femmes ? Si la maladie de Béatrice lui avait fait tout oublier, au point de ne plus s'intéresser à ce qu'elle était en train d'écrire ? Si les priorités s'étaient inversées, avec l'annonce du cancer ? Et si on lui annonçait, à elle, Elsa, un cancer avancé, si elle apprenait aujourd'hui qu'il ne lui restait que quelques semaines à vivre, aurait-elle encore le cœur à écrire ? À débuter ou terminer un manuscrit ? Sûrement pas un manuscrit sur le bonheur en tout cas, comme l'avait évoqué Thomas. Il y avait sans doute d'autres urgences dans ces cas-là, tenter de survivre, revoir les gens qu'on aime, prendre le temps de leur dire adieu ou bien d'autres choses, auxquelles on ne pense jamais tant qu'on s'imagine avoir des années devant soi… Elsa frissonnait en pensant à son fils. C'était sa plus forte inquiétude depuis qu'elle était mère, mourir avant qu'il ait atteint ses dix-huit ans, avant qu'elle ne l'ait mis, bon an, mal an, sur les rails de la vie… Béatrice n'avait pas ce souci, à quoi avait-elle pensé lorsqu'on lui avait diagnostiqué ce cancer ? À Thomas ? À se battre ? On pense sûrement à soi, dans ces moments-là, à soi face à la mort, à comment supporter de vivre encore en ayant ce couperet. Mais elle s'égarait. Il y avait là-haut, derrière les escaliers en bois aux marches grinçantes, une énigme. Elle n'avait pas osé chercher, elle ne se l'était pas autorisé, mais maintenant qu'elle savait cela, c'était bien différent. Noémie avait raison. Il fallait qu'elle en ait le cœur net, qu'elle sache si oui ou non Béatrice Blandy, l'immense Béatrice Blandy, avait laissé quelque chose dont elle n'aurait pas parlé à Thomas. Avait-elle de bonnes raisons de ne lui avoir rien dit ? Des choses à cacher ? Des révélations à faire ? L'éditrice avait fait allusion à une découverte que Béatrice aurait faite en écrivant ce roman. De quoi s'agissait-il exactement ? Et si c'était vrai, comment ne pas aller au moins vérifier ? Thomas ne se rendait pas compte. Il avait vécu auprès d'un génie. La côtoyer au quotidien lui avait fait occulter la véritable nature de sa femme. Et si l'éditrice avait dit vrai, on ne pouvait priver les lecteurs d'un texte génial. Elsa, puisqu'elle était entrée dans la vie de Thomas, avait désormais ce rôle à jouer, c'était même une mission, en tant que fidèle lectrice, au nom de cette dette qu'elle se sentait encore envers Béatrice, dont l'œuvre l'avait tellement inspirée, dont l'œuvre lui avait montré que oui, c'était ça aussi la littérature. Ce n'était pas seulement Balzac, Hugo et Zola, c'était aussi écrire la vie, l'écrire afin qu'elle soit plus forte, plus juste, alors, oui, puisque c'était ça aussi la littérature, elle, Elsa, pouvait le faire. Au nom de tout ça, elle devait chercher ce texte. Et s'il n'existait pas, tant pis. Mais si, comme elle en avait l'intuition, il y avait quelque chose, alors elle en serait la première lectrice. Avant même son éditrice. La première lectrice d'un texte de Béatrice Blandy. Ça alors ! Et c'était sur elle, Elsa, l'écrivaine dont personne ne remarquait jamais les livres, que ça tombait ! Pour une fois, il lui arrivait quelque chose, elle avait peut-être un rôle à jouer, et de premier plan. Mettre la main sur un joyau de la littérature contemporaine. Exhumer le dernier texte de Béatrice Blandy. Et qu'en ferait-elle, si elle le trouvait ? Il serait toujours assez tôt pour y penser.

10

— Les hommes aiment faire l'amour le matin !

— C'est une règle générale ?

— Mais vous, Thomas, vous aimez ça !

— J'ai toujours une légère érection, alors…

— C'est parce que vous faites des rêves érotiques.

— Avec vous, je les vis les rêves érotiques, pas besoin de les rêver !

— Et le petit déjeuner au lit, vous aimez ça, le petit déjeuner au lit ?

— Quelle horreur ! Ce sont toujours les hommes qui le proposent aux femmes, « chérie, je vous apporte le café ? ». Ils ne branlent rien de la semaine à la maison, alors ils essaient de se rattraper le dimanche. Si j'étais une femme, je leur dirais *Vaffanculo.*

Elsa prend son smartphone et lance une playlist d'Arno. La voix rocailleuse du chanteur belge traverse la chambre des Blandy.

Ils ont changé ma chanson, ils ont changé ma chanson
Ce n'était rien qu'une chanson
Mais c'était ma chanson

— Je connais cet air, dit Thomas, triomphant. C'est une reprise de Dalida !

— Vous en êtes sûr ?

— J'adore Dalida mais celle que je préfère c'est « Laissez-moi danser » ! Vous pouvez la passer ?

Thomas commence à entonner, *Monday ! Tuesday !*

— Pas une chanson de boîte de nuit après avoir fait l'amour, Thomas, c'est horrible !

— Alors mettez-nous les Beatles !

— Les Beatles ?

Thomas la regarde avec effroi.

— Alors là, si vous n'aimez pas les Beatles, c'est complètement rédhi !

— C'est quoi ?

— Rédhibitoire ! Et Joe Cocker, j'espère que vous aimez ?

— Joe qui ?

Elsa éclate de rire. Elle colle ses pieds sur les jambes toujours chaudes de Thomas.

— Thomas ! Vous me faites aimer les dimanches !

Sur la table de chevet, Béatrice les jauge de son regard glacial. « Amusez-vous, amusez-vous, ce spectacle est tellement minable ! » semblent dire ses yeux ce matin.

— Vous avez des angoisses parfois, Thomas ?

— Des angoisses ? Je ne sais pas ce que c'est, mais de

la mélancolie, oui. Il m'arrive d'avoir des moments très down…

— Lorsque vous pensez à elle ? dit Elsa en désignant la photo de Béatrice.

Thomas acquiesce.

— Elle vous manque, là ? Maintenant, tout de suite ?

— Elle me manque chaque jour, chaque instant.

Elsa se redresse brusquement et sort du lit. Elle saisit un jean, un tee-shirt et fourre quelques affaires dans un sac de sport.

— Je crois que je vais filer à la piscine, moi, j'ai besoin de nager.

— On est libres, Elsa, surtout vous…

11

Attendre que la voie soit libre. Que Thomas ait un rendez-vous à l'extérieur par exemple. Que Paola ne soit pas là à lui coller aux basques avec son éternel sourire. Ouvrir la porte interdite. Monter les marches en bois. Entrouvrir le velux. S'asseoir sur la chaise en rotin sur laquelle Béatrice Blandy s'installait chaque jour. Ouvrir un à un les tiroirs du bureau. Sortir les carnets et les aligner par ordre chronologique. 2002-2003-2004… Ouvrir celui de 2018, année de sa mort.

Lundi 12 mars

Tout le monde s'étonne de mon courage. Mais moi je ne me suis jamais sentie aussi vivante que depuis l'annonce de mon cancer. Comme si j'avais enfin un combat à mener. Tic tac tic tac. L'ennemi n'est plus diffus, il n'est plus à l'extérieur. Il est en moi et il se nomme cancer du sein. Il n'y a plus qu'une chose à faire : réunir toutes mes forces pour gagner ce match. Le match de ma vie. Le mettre K.O., ce foutu crabe. C'est fou, ça me rend presque joyeuse.

Comme si tout avait un sens désormais, un but. Comme si tout était plus simple.

Vendredi 4 mai

Nausées toute la soirée. Au réveil, goût de sang dans la bouche. Des dizaines d'aphtes sur les gencives, le palais, la langue… Les effets secondaires de la chimio. Impossible d'avaler quoi que ce soit, même l'eau m'arrache la bouche. Difficile de parler, d'articuler, les aphtes provoquent un zozotement affreux. J'arrêterais bien le protocole, pour tenter l'immunothérapie, même si Thomas n'est pas d'accord. Il pense que je dois m'accrocher, que je suis une warrior. Plus envie d'être une warrior…

Le texte était suivi d'un tableau à deux colonnes : *Chimio : Avantages / Inconvénients.* La colonne des inconvénients, bien plus longue, se soldait par un seul commentaire en bas :

JE DÉCIDE : Stop la chimio !

Elsa feuilleta rapidement le carnet, des dates, des phrases hachées, inachevées, des tableaux :

Ce que je peux encore manger/ Ce qui est interdit
Les gens à revoir/ Ceux que je ne veux pas revoir

Elle reposa le fascicule et en ouvrit un autre, daté de 2015 :

À peine dormi cette nuit. Passé des heures à ressasser des idées de suicide : je me voyais dans une baignoire, tout était barbouillé de sang. Mon père arrivait et tout ce qu'il trouvait à dire, c'est : « C'est vraiment dégueulasse tout ce sang, t'as salopé ma salle de bains ! T'as intérêt à me récurer ça, et vite ! » Moi, je restais, à barboter dans mon bain d'hémoglobine, je tremblais, j'avais de plus en plus froid. Quand je pense à ce qu'il nous a fait vivre… C'est bien lui qui l'a rendue complètement folle, ma mère. Deux malades, voilà ce qu'étaient mes parents. J'ai été élevée par deux fous furieux et je n'aurai jamais assez d'une vie pour les haïr…

Évidemment. La fascination pour les femmes meurtrières, pour les films d'horreur… C'étaient ses parents que Béatrice avait eu envie de dégommer. C'était pour eux, les revolvers dans l'appartement. Spéciale dédicace pour papa et maman, qui d'autre ? Qu'avait pu lui faire son père pour qu'elle le haïsse à ce point ? Pour qu'elle en vienne à rêver de meurtre et de suicide ? Cette violence perçait dans chacun des romans de Béatrice Blandy, en faisait toute la saveur, toute la profondeur… Elsa comprenait mieux à présent la fascination que ces textes avaient exercée sur elle. Elle-même n'était pas en reste avec ses propres parents… Mais se pouvait-il que Béatrice ait fini par retourner cette violence contre elle ? Que le cancer n'ait été qu'une colère muette contre ses proches, qui avait fini par éclater dans tout le corps ? Elsa avait cru comprendre que les parents de Béatrice étaient morts peu de temps avant elle, à peine un an ou deux... Avaient-ils emporté leur fille dans la tombe ? Pouvait-on survivre à des parents toxiques ?

Elsa remit soigneusement les carnets dans les tiroirs. Elle se souvenait avec horreur du jour où sa propre mère était tombée sur son journal intime. Le soir, à table, elle ne s'était pas gênée pour en lire de larges extraits devant le reste de la famille. Sa sœur, son père, tout le monde avait pu en profiter. Et chacun en avait pris pour son grade. Elsa se souvenait de sa mère hurlant, « Une *grosse pute* ! Voilà ce que je suis pour ma fille, une *grosse pute*, et toi Gérard, écoute ça, tu es un *sale hypocrite*, nous voilà rhabillés pour l'hiver ! » Au lieu d'y voir un appel au secours, la mère d'Elsa l'avait envoyée en pension et éloignée de sa sœur. Son journal avait été utilisé contre elle, comme preuve à charge. Elsa en avait conçu une certaine méfiance envers l'écrit. Elle avait stoppé net la rédaction de son journal et avait mis très longtemps avant de revenir vers l'écriture. Mais quoi, c'était elle aujourd'hui qui se retrouvait à fouiner dans les carnets d'une autre ? Un journal, contrairement à un roman, ce n'était pas fait pour être lu. Ça ne servait qu'à tirer les choses au clair, de soi à soi. À mettre des mots sur le chaos. Pourquoi Béatrice n'avait-elle pas détruit le sien ? N'importe qui pouvait tomber dessus et lire en elle à cœur ouvert. C'était fou. Avait-elle paniqué face à l'imminence de la mort au point de tout laisser en plan ? De ne pas penser à l'après ? C'était étonnant, de la part d'une femme aussi réfléchie et organisée que Béatrice. À moins qu'elle n'en ait tout simplement pas eu le temps ? Peut-être avait-elle été surprise par la virulence de la maladie, qui l'avait emportée plus vite que prévu ? Elle n'osait pas questionner Thomas à ce sujet, les derniers jours, les dernières heures de Béatrice, il lui en parlerait lui-même s'il voulait. C'étaient leurs moments à eux, leur intimité, et elle n'avait aucune envie de s'en mêler. Mais ce roman, où donc était ce roman ? L'éditrice s'était-elle trompée ? Cherchait-elle juste à faire un coup éditorial, comme semblait l'imaginer Thomas ? Elsa referma les tiroirs du bureau. Un jour, il faudrait qu'elle songe à détruire elle-même ces journaux. En attendant, il n'y avait là rien qui puisse servir de base pour une fiction, rien qui ressemble à un roman, même inachevé.

12

— Je voudrais que cette histoire finisse et que vous me laissiez m'en aller !

— Rien ne vous en empêche…

— Vous ne me laisseriez pas partir, et je n'y tiens pas non plus.

— Je suis sincère, les premiers jours heureux que j'ai eus depuis un an, c'est à vous que je les dois.

— Je sais pourquoi, c'est parce que je vous la rappelle. Moi, je vous suis indifférente.

— Non ! Non ! N'en croyez rien ! Il y a en vous un je-ne-sais-quoi qui…

— Vous n'avez pas envie de moi…

— Si ! Si !

— Vous ne m'aimez qu'à travers l'autre, n'est-ce pas ? Nos premières sorties, avez-vous oublié comme elles étaient amusantes ? C'est cette histoire de robe qui a tout gâché, eh bien, je les mettrai ces robes qui vous plaisent tant, si vous consentez à m'aimer un peu…

— Et vos cheveux !

— *Ah non !*

Kim Novak fait volte-face et s'avance vers la fenêtre. Contemple le soir à travers les persiennes entrouvertes. James Stewart se penche vers elle :

— *Je vous en prie, pour vous, ça n'a pas d'importance...*

— *Si je consens à faire ce que vous voulez, est-ce que vous m'aimerez ?*

— *Oui, oui !*

James Stewart sent qu'il a marqué un point. Il s'approche de Kim Novak et lui baise les mains, puis le front.

— *Alors je le ferai, pour que vous m'aimiez,* cède Kim Novak, le visage baigné de larmes.

Elsa met le DVD sur pause. Dans le canapé, Thomas sirote son whisky *on the rocks.*

— Ça casse un peu l'ambiance, vous ne trouvez pas ?

— Quoi donc ?

— De regarder *Sueurs froides* ensemble.

— Si vous parlez du film qu'on est en train de voir, son titre original, c'est *Vertigo.*

— Et moi je vais vous appeler monsieur Snob...

Elsa hésite.

— Dites-moi, Thomas, vous pensez qu'on se serait bien entendues ?

— Qui donc ?

— Béatrice et moi...

— Béa avait beaucoup d'amis, en revanche, quand elle n'aimait pas quelqu'un, elle n'était pas du genre tendre.

— Les affinités électives, ça existe…

— Quand on admire trop les gens, on est souvent déçu.

— J'aimais plus que ses livres, j'aimais sa façon de parler, son intelligence, son sourire. Vous vous rendez compte de la chance que vous avez eue ? De vivre auprès d'elle ?

— Dans le fond, ce qui vous plaît chez moi, c'est ma femme !

Thomas lui arrache la télécommande des mains.

— Je n'existe pas, je ne suis rien pour vous ! C'est Béa que vous cherchez à travers moi !

— Arrêtez l'Actors Studio, Thomas ! Vous comptez rivaliser avec Kim Novak pour le meilleur rôle féminin ?

Thomas hausse les épaules.

— Vous savez ce que je préfère dans ce film ? Ce sont les filatures ! James Stewart croit la suivre, mais en réalité, c'est elle qui mène le jeu…

— Comment ça ?

— Attendez la fin, vous allez comprendre…

Elsa apprécie ce vouvoiement qui s'est installé entre eux. Il lui semble qu'ils vivent une histoire différente, que le vouvoiement les protège de toute vulgarité, de toute dégradation dans leur relation. Les week-ends qu'elle passe chez Thomas se déroulent selon des rituels immuables, le petit déjeuner dans la belle cuisine aux meubles laqués de rouge, sous le Picasso et les toiles de maître. Puis le déjeuner, avec des produits frais du marché, du poisson, des légumes, du fromage. Tout cela est bien loin de la junk food dont elle s'est alimentée ces dernières années, se contentant de nourrir son fils plus ou moins convenablement une semaine sur deux et se laissant aller le reste du temps. Loin du désordre qu'a été sa vie jusqu'ici. Il y a ensuite le café, accompagné du petit carré de chocolat noir que lui tend tendrement Thomas. Puis à dix-sept heures le thé, à dix-neuf l'apéritif, à deux ou entre amis, toujours des amis de Thomas, triés sur le volet, des relations de longue date, du même cercle, avec qui il est hors de question de se disputer ou de s'emporter. Les discussions sont toujours intéressantes, rythmées par les lectures qu'on a faites, les expositions qu'il faut absolument voir, les sorties de films. Il n'y a pas de place pour les pauses gênantes ou l'ennui.

Le soir, ils prennent une dernière tisane, qui infuse dans la théière en fonte, de la tisane de qualité, cela va sans dire, qu'Elsa prélève dans des boîtes en métal parfumées, choisies par Béatrice.

13

« C'est un immeuble Art déco, la façade est classée ! Vous voyez, le hall d'entrée est impeccable, aucuns travaux de prévus ! Ici la loge de la concierge. Je vous laisse prendre l'ascenseur, moi, je monte à pied. On se retrouve au troisième. »

La directrice de l'agence immobilière s'est déplacée en personne. Elle est souriante, la cinquantaine, rondelette, elle rassure Thomas : elle a très bien compris *sa recherche*. Elsa les a rejoints devant un immeuble de la rue Guynemer, dans le sixième arrondissement. Elle est en retard mais Thomas lui en veut à peine. Il est heureux qu'elle ait enfin accepté de visiter cet appartement avec lui. Son avis compte désormais. Il veut changer de quartier, changer d'air. L'agente immobilière s'est engagée à lui faire visiter plusieurs biens, en échange de quoi il lui confiera la vente de son appartement rue Saint-Honoré.

La porte d'entrée s'ouvre sur un vestibule aux boiseries sombres. Le salon a une fenêtre d'où, en se penchant légèrement sur la droite, on aperçoit le Luxembourg.

Notez qu'il y a des rangements partout, et une suite parentale, bien au calme. La commerciale s'adresse essentiellement à Thomas, a-t-elle compris que quelque chose dans l'attitude d'Elsa tique ?

Le propriétaire les attend dans la cuisine. Sa femme et lui prennent leur retraite, ils s'installent dans le Luberon où ils vont en vacances depuis des années. L'appartement peut être libéré très vite, s'il leur convient.

Thomas est enthousiaste, il a des amis qui habitent non loin, les Dumoulin, ah bon, vous ne les connaissez pas, et les Bunzinger, qui sont au coin de la rue Madame, vous les connaissez ? À force de chercher, Thomas et le propriétaire finissent par se trouver des connaissances communes, la commerciale est aux anges. Thomas connaît sûrement le quartier, il sait donc qu'il y a des commerces, des équipements, tout ce qu'il faut, et bien sûr le Luxembourg, *on ne s'en lasse pas.*

En sortant de l'immeuble, Thomas propose à Elsa de rentrer à pied, il fait si beau ! Pourquoi est-elle restée silencieuse durant la visite ? A-t-elle seulement remarqué comme l'appartement était confortable ? On pouvait se permettre d'y emménager tout de suite, et pour les travaux, on verrait plus tard.

Elsa retient son souffle :

— Vous ne comptez tout de même pas vendre l'appartement de Béatrice ?

— Mais c'est chez moi, je fais ce que je veux.

— C'est elle qui a tout arrangé pour vous, afin que vous y soyez heureux !

— C'est lourd pour moi de vivre là-bas, trop de souvenirs, j'ai besoin de changement. C'est mieux aussi pour nous, non ?

— Toute cette énergie qu'elle a dépensée dans la conception de cet appartement, elle y a mis des années, a tout pensé jusque dans les moindres détails, et vous, vous crachez sur tout ça…

Thomas hausse les épaules.

— Vous ne comprenez pas ? insiste Elsa. Béatrice était une artiste, elle vivait en artiste. Son appartement fait partie de son œuvre ! La place de chaque meuble, de chaque objet qu'elle a choisi, tout cela, c'est Béatrice ! Vous ne pouvez pas le brader !

— Béatrice était du côté de la vie, pas de…

— Il me semble que si quelqu'un avait fait tout ça pour moi, je ne pourrais pas déménager si vite… Je ne sais pas, je vous trouve…

— Égoïste ?

— Voilà !

14

Elsa regardait souvent des vidéos de Béatrice sur internet. Elle était interviewée par des journalistes célèbres, dans des émissions prestigieuses. Et s'en sortait toujours merveilleusement bien.

— Nous sommes ravis de recevoir la romancière Béatrice Blandy pour son nouveau roman, *De bras en bras*. Béatrice Blandy, comment faites-vous pour nous surprendre encore ? Quel est votre secret ? Mais d'abord, comment s'est passée l'écriture ?

— Oh c'est arrivé comme à chaque fois, une envie pressante !

— Admirable cette histoire d'une femme qui cherche l'amour absolu, qui forcément subit, qui forcément souffre !

— L'amour n'a jamais été une garantie de ne pas souffrir… Vous connaissez cette phrase d'Ophüls, « le bonheur n'est pas gai » ?

Béatrice parle posément, soulignant chaque dernière

syllabe, insistant sur chaque fin de phrase. Aucun signe d'agitation intérieure, de trac.

— Mais vous, Béatrice Blandy, que savez-vous de l'amour ?

Béatrice fixe le journaliste de son regard intergalactique.

— La même chose que vous !

— Alors ce serait pareil pour tout le monde, l'amour ?

— C'est un sentiment ! Et les sentiments sont communs à nous tous ! C'est bien pour ça qu'on peut se comprendre ! Qu'on peut regarder des films, lire des romans et tous s'y retrouver...

Béatrice sourit, impériale. Rien ne peut la déstabiliser. Rien ne la fera sortir de ses gonds. Ses réponses sont souvent bien plus intéressantes que les questions posées et très vite, c'est elle qui mène le jeu. Lorsque le journaliste prend le temps de souligner les qualités de son roman, elle ne sourit pas, ne remercie pas, au contraire, son regard bleu se durcit et semble dire, « attention, la moindre fausse note et je te déchiquette ». Mais le présentateur ne s'y risque pas, ni aucune des autres personnes présentes sur le plateau ce soir-là, chacun y va de son petit mot pour souligner qui le style admirable, qui les descriptions fascinantes, qui les métaphores tellement filmographiques...

Thomas visionnait-il aussi ces vidéos, de temps en temps ? Ce devait être tentant pour lui, de voir à nouveau sa femme s'animer et parler. Son visage s'illuminer et ses yeux pétiller d'intelligence. Quand Elsa répondait à des interviews, elle était au contraire tout à fait mortifiée. Si émue qu'elle saisissait à peine les questions et en perdait tous ses moyens. En général, on ne la réinvitait pas, on lui préférait des invités plus à l'aise, meilleurs clients, plus à même de faire monter l'audimat par leur aura, leur charisme, telle Béatrice Blandy. Est-ce que Thomas regardait les vidéos d'Elsa aussi ? Est-ce qu'il réalisait la différence entre Béatrice et elle ? L'une répondait avec classe et assurance, l'autre semblait s'excuser d'être là. L'une avait une voix grave, qu'elle modulait savamment, un port de tête impeccable, un regard franc, sans détour, l'autre tremblait, les yeux fixés sur ses chaussures, à la torture. L'une gardait le teint pâle, diaphane, malgré la chaleur des projecteurs, l'autre figurait à l'opposé sur le spectre colorimétrique : rouge, mauve, cramoisie. La dissemblance sautait aux yeux, elle ne pouvait échapper à Thomas. Il avait eu une reine, il devait maintenant se contenter d'une mendiante. Il devait avoir pitié d'elle, dans le fond. Il ne voyait rien mais un beau jour il se réveillerait et la congédierait d'un seul regard. Ce serait le grand mépris, elle comprendrait tout de suite, elle n'exigerait aucune explication, elle filerait doux, elle filerait, tout simplement. En attendant, elle devait profiter de cette période heureuse, de cette trêve. Si elle avait pu figer l'histoire et faire qu'elle s'arrête sur eux, à cette période-là, elle et lui, ensemble malgré leurs différences et leur avenir incertain, elle n'aurait pas hésité une seconde.

Une photo de Thomas et Béatrice, dans le salon, était particulièrement troublante pour Elsa. Un gros plan sur leurs deux visages rapprochés, front contre front. C'était la figure authentique du couple, de l'amour. Cet amour qu'Elsa n'avait jamais connu. Cet amour auquel il était risible de vouloir se mesurer… Si Béatrice n'avait pas eu ce cancer, ils seraient toujours ainsi, bien sûr, front contre front, liés, à tout jamais. Et Thomas n'aurait jamais remarqué Elsa.

15

— Pas ce soir Elsa, vous m'épuisez, c'est tellement intense à chaque fois, je n'avais pas cette habitude-là avec Béatrice.

— Vous ne faisiez plus l'amour ?

— De temps en temps, mais pas tous les jours !

— Ne vous inquiétez pas, c'est parce que c'est le début. Vous ne devriez plus vous plaindre d'ici quelques années…

Et peut-être même d'ici quelques mois, pense Elsa. Elle prend un roman sur la table de chevet.

— Vous boudez ?

— Pas du tout, j'essaye de lire.

Elsa repose son livre et embrasse Thomas. À l'horizontale, son visage semble si jeune, incroyablement lisse.

— Quoi ?

— Rien !

— Dites-moi quelque chose.

— Qu'est-ce que vous voulez entendre, Elsa ?

— Je ne sais pas, quelque chose de tendre…

Elle se rapproche de lui. Il est nu sous les draps propres. Elle respire son cou, ses poils, son torse. Tout ce qui l'attire chez lui, malgré leur différence d'âge, tout ce qui l'attire chez lui, à cause de leur différence d'âge. Avec lui, Elsa a souvent l'impression de repousser des frontières, ça éveille en elle toutes sortes de pensées interdites, d'envies inédites. Elle n'a connu jusque-là que des corps jeunes, et celui de Thomas, dans sa maturité, a quelque chose de troublant, d'excitant. De rassurant aussi. Dans ses bras, elle se sent infiniment plus jeune qu'elle ne l'est en réalité, plus désirable. Ce soir, elle a envie de plus. Mais il la repousse avec douceur.

— N'insistez pas, Elsa, je n'y arriverai pas.

— Tu penses encore à elle ?

— On se tutoie maintenant ? Bon, laissez-moi tranquille, j'ai besoin de me reposer.

Il lui tourne brusquement le dos. Elle reprend son livre là où elle en était, page 134, non, 135. Au bout de quelques minutes, les premiers ronflements résonnent dans la chambre des Blandy. Elsa soupire, se glisse une main entre les cuisses. Sur la table, le portrait de Béatrice. Son regard clair la fixe avec une rare intensité. Elsa se lève et emporte la photo avec elle dans la salle de bains. La dépose sur le rebord de la large baignoire en marbre, puis se fait couler un bain chaud.

Verser quelques gouttes du parfum de Béatrice, *Extrait de pamplemousse*, dans l'eau brûlante. S'allonger dans la baignoire. Enclencher le mitigeur et positionner le pommeau de douche entre ses cuisses. Laisser la chaleur du jet se diffuser doucement vers son ventre, sa vulve.

Sur la photo, Béatrice lui sourit toujours, lèvres entrouvertes, ses yeux virent au bleu tendre. Elsa n'a jamais connu Béatrice mais soudain, elle lui manque terriblement. C'est un manque qui vient du cœur puis des reins, des jambes qu'Elsa écarte de plus en plus, qu'elle plie sous elle pour mieux s'offrir au jet d'eau. Un manque de plus en plus précis, un manque inouï, qui la tend, l'aspire, lui fait presque mal. Enfin, le soulagement arrive par vagues successives, puis le plaisir jaillit, profond, intact. Ses seins, ses joues et tout son corps s'empourprent.

Juste derrière la porte, les doux ronflements de Thomas, en bruit de fond.

16

Thomas fut invité à un anniversaire. La fête était organisée sur la Côte d'Azur, tous les invités se retrouvaient dans le même hôtel, privatisé pour l'occasion. Le week-end promettait d'être joyeux et riche en surprises. Il proposa à Elsa de l'accompagner.

— Ils veulent tous vous rencontrer, dit-il.

— Mais pourquoi ?

— Je ne sais pas, un homme amoureux leur aura parlé de vous…

Le week-end se passait sur la presqu'île de Giens, c'était le printemps, et Elsa rejoignit Thomas sur place, elle arrivait de Lyon et lui, de Paris. Parmi les convives, elle reconnut plusieurs acteurs et actrices célèbres, des réalisateurs, des producteurs, elle était impressionnée mais essayait de n'en rien laisser paraître.

— Je vous présente Elsa. C'est la jeune personne qui m'occupe beaucoup ces temps-ci !

— C'était donc cela, plus de nouvelles depuis des mois,

on se disait, Thomas nous cache quelque chose ! Et que fait cette jeune femme ?

— Oh, pas grand-chose, avant que je ne la sorte du ruisseau, répondit Thomas.

Plusieurs personnes s'esclaffèrent.

— J'écris des romans, fit Elsa d'une voix blanche.

— Je plaisantais, dit Thomas. Elsa est romancière.

— Encore une écrivaine ! Mais Thomas, il fallait nous le dire que tu ne prenais que des écrivaines, on ne se serait pas fatigués à te présenter toutes ces actrices depuis des mois !

— Oh c'est vraiment un hasard, se justifia Elsa, mais j'admirais beaucoup le travail de Béatrice.

— Tout le monde admirait Béatrice. Mais trinquons mes amis ! Trinquons au demi-siècle de notre ami Jonathan, qui a le génie de tous nous réunir dans ce sublime endroit, face à la mer !

Plusieurs personnes entourèrent Elsa et la criblèrent de questions :

— Mais toi, tu l'as rencontré comment, Thomas ?

— Et Béa, tu la connaissais, Béa ?

— C'était vraiment un couple de cinéma !

— Un couple de stars !

Elsa se mit à balbutier et finit par renverser son verre.

— Ce qu'elle est mal élevée ta chérie, Thomas ! Elle vient de renverser sa coupe de champ' sur ma robe…

Deux fois dans la soirée, Thomas se trompa et appela Elsa Béa. Elle mit ça sur le compte de l'alcool et personne ne releva. Au cours du week-end, elle fit la connaissance d'une femme d'une soixantaine d'années, extrêmement élégante et sophistiquée. Elsa pensa à une actrice, ou un mannequin.

— Je vous ai entendue hier parler de Béatrice, vous aimiez ce qu'elle écrivait ?

— Bien sûr !

— Moi, je trouve qu'elle écrivait comme une bourgeoise, d'ailleurs c'était une bourgeoise.

— Ça n'a jamais empêché personne d'écrire...

— Elle n'a que très peu produit finalement, elle se consacrait entièrement à Thomas, il n'y avait plus que ça qui comptait pour elle, son couple, sa maison...

— Et pourquoi pas ? Si elle préférait la vie à l'écriture ? Après tout, l'art n'est peut-être qu'une béquille... Lorsqu'on n'en a plus besoin, pourquoi se forcer ?

— Je ne suis pas d'accord, quand on a la chance d'avoir reçu ce don, c'est un devoir de l'exercer !

Elle baissa le ton...

— Je ne vous ai pas lue ma petite, mais je vous observe depuis deux jours, vous êtes là sans y être, vous n'en perdez pas une miette !

Elsa rit.

— J'espère trouver ici un peu d'inspiration, je n'ai rien écrit depuis des mois, panne totale !

— Ce n'est pas la première fois que ça vous arrive, n'est-ce pas ? C'est la période la plus délicate à passer pour un écrivain, celle où il se demande si ça reviendra un jour...

Elsa la dévisagea. Son interlocutrice semblait bien connaître le processus.

— J'ai longtemps travaillé dans l'édition et les auteurs, je les connais bien. Ne vous découragez pas, continuez de chercher, ça va s'ouvrir, et à ce moment-là, foncez ! Montrez-leur, à ces bourgeois, ce qu'est un vrai écrivain !

Thomas approchait : « Elsa, je ne vous ai pas présenté Nathalie Legendre ? Nathalie, voici Elsa... » Mais Nathalie Legendre s'était déjà éloignée.

— Qu'est-ce qu'elle voulait ?

— Rien, on parlait des livres de Béatrice...

— Béa ne la portait pas dans son cœur.

— Ah bon ? Elle m'a dit qu'elle avait été éditrice...

— Mais voyons Elsa, vous n'avez pas reconnu Nathalie Legendre ? La plume la plus sadique du journal *Le Monde* ?

— Comment voulez-vous que je sache, c'est la première fois que je la vois, je pensais qu'il n'y avait que des gens du cinéma ici !

— C'est la compagne de Jeanne Lafosse, la réalisatrice, elle est beaucoup plus sympathique d'ailleurs, vous la rencontrerez...

— Ils ont raison vos amis, pourquoi faites-vous une fixette sur les écrivaines ? Vous pourriez sortir avec une actrice, puisque vous en voyez tellement !

— Les actrices ? Quelle horreur, elles sont bien trop narcissiques !

— Au moins, vous n'auriez pas l'impression de les sortir du ruisseau...

— Pas de scène, Elsa ! Oh mais regardez qui voilà ! Isabelle, tu as pu te libérer, quelle merveille !

Elsa n'en croyait pas ses yeux. Isabelle Huppert en personne, toute menue, toute souriante, lui tendait la main.

— Enchantée ! Thomas m'a dit que vous étiez écrivaine ! Une écrivaine ! Comme je suis impressionnée !

17

Nathalie Legendre avait raison. Béatrice venait de la grande bourgeoisie parisienne. Elsa, de la classe moyenne de province. Le père de Béatrice était fils d'un puissant industriel, et collectionneur d'art renommé, sa mère était une artiste peintre, ils avaient longtemps vécu en rentiers, léguant leur fortune à leur fille unique. Béatrice avait la classe et l'aisance de la classe dominante, elle était partout à son aise, partout chez elle. Elle ne s'habillait qu'avec des vêtements aux couleurs chatoyantes, des écharpes turquoise pour souligner son regard bleu acier, des étoffes précieuses, des marques dont Elsa ignorait jusqu'alors l'existence. D'ailleurs Elsa ne portait que du noir, des couleurs sombres, depuis l'adolescence. Elle tenait ainsi à afficher la noirceur de son âme, à assumer sa part d'ombre. Pour plaire à Thomas, elle se mit à porter des pulls fuchsia, verts, jaunes, des couleurs fluo presque insoutenables. Ça s'accordait plutôt bien avec ses panoplies jean et veste noire. Thomas la complimentait, « ça vous va bien ce jaune, vous devriez en porter plus souvent. Béatrice aimait les couleurs, elle était tellement gaie, tellement vivante ». Mais, pensait Elsa, elle collectionnait les coupures de presse sur les femmes meurtrières. Elle rêvait de suicide et de bains de sang. Elsa l'avait lue, elle, et savait ce qui se cachait sous les foulards bleus et les vêtements aux couleurs vives. Béatrice aussi avait sa part d'ombre. Derrière les couleurs et le goût de la fête, il y avait les revolvers. Les fameux revolvers, présents dans tout l'appartement, jusque dans la chambre à coucher… Béatrice avait, comme Elsa, ce désir de destruction. Elsa était sa sœur d'écriture, elle la connaissait mieux que Thomas dans le fond, mieux que quiconque.

Lorsque Elsa était à Lyon, sa vie lui semblait monotone, rythmée par les activités et les questions de son fils.

— Maman, c'était qui Charlemagne ?

— Un roi de France…

— Comme Emmanuel Macron ?

— Voilà.

— C'était il y a longtemps ?

— Oh oui !

— Après les dinosaures ?

— Les dinosaures étaient déjà tous morts !

— Et tu l'as rencontré, toi, Charlemagne ?

Le matin, elle accompagnait Léo à l'école, le mercredi, au judo, puis au square. Elle croisait des parents, avec qui elle avait des discussions de parents. Est-ce que la nouvelle directrice était sympa ? Est-ce que les enfants allaient bientôt pouvoir enlever leurs masques à l'école ?

Et sinon, connaissait-on l'adresse d'un bon ORL dans le quartier ? Le maître disait que le petit n'entendait pas très bien…

L'après-midi, Elsa animait des ateliers d'écriture dans diverses associations, grâce auxquels elle complétait ses maigres revenus d'écrivain. Il s'agissait le plus souvent de collégiens ou de lycéens. Le temps de l'atelier, elle se donnait complètement à ses jeunes élèves et oubliait pour un temps Léo et Thomas, les deux êtres entre lesquels elle naviguait chaque semaine.

À dix-sept heures, elle courait chercher Léo à l'école et c'étaient les mêmes activités, chaque soir, dans un ordre immuable : goûter, devoirs, bain, dîner, dents, histoire. Lorsque Léo s'endormait enfin, elle s'écroulait aussi dans sa chambre, incapable de réfléchir à quoi que ce soit.

Vue de Lyon, la vie parisienne avec Thomas paraissait excitante, aventureuse, pleine de rires, de rencontres, de sorties. C'était Paris la liberté contre Lyon l'endormie. Paris la fête contre Lyon la défaite. Ici, elle s'ennuyait et n'avait qu'une hâte, que la semaine prenne fin et qu'elle puisse enfin filer par le premier TGV et retrouver sa liberté. Chaque soir, elle câlinait son fils et essayait de se rattraper de ses semaines d'absence, durant lesquelles le petit était chez son père. Quand elle embrassait les cheveux de Léo ou qu'elle lui caressait le dos jusqu'à ce qu'il s'endorme, elle était prise de bouffées d'affection dont elle ne se sentait pas capable la journée. Comme si seul le sommeil de son fils lui permettait de libérer enfin sa tendresse. Elsa ne se souvenait pas, enfant, d'un seul baiser de sa mère, ni d'une marque d'affection. C'était d'ailleurs un signe de ralliement, chez les gens qui comme elle avaient souffert de parents distants, froids, inaptes à l'amour. Ils se reconnaissaient entre eux, les ex-enfants délaissés, à cette simple phrase, «je n'ai pas le souvenir d'un seul baiser de ma mère». Pas besoin d'explication supplémentaire, on sentait le gouffre derrière. Est-ce que la mère de Béatrice était comme ça, elle aussi ? Béatrice avait-elle souffert de parents abandonniques, violents ? Pourquoi Béatrice avait-elle ces pulsions de meurtre, ces mots si forts dans son journal intime ? Elle parlait d'eux comme de deux malades qu'elle haïssait. Est-ce qu'Elsa haïssait sa mère ? Avait-elle déjà eu envie de la tuer ? Celle-ci n'avait jamais trouvé sa place dans la société et avait fini par « tomber en dépression », comme elle le répétait. De cette chute, elle ne s'était jamais remise et, bien des années plus tard, avait été diagnostiquée bipolaire. Mais pour Elsa et sa sœur, leur mère avait toujours été malade, absente à elle-même et à sa vie, à ses proches. Vers douze ans, Elsa avait été envoyée en pension suite à l'épisode du journal intime, puis ses parents s'étaient séparés. Elle n'avait que très peu revu sa sœur et le reste de la famille, leur mère faisant des séjours de plus en plus longs en hôpital psychiatrique. Elsa pensait parfois à appeler sa sœur, à lui écrire, mais une fois qu'elle entendait sa voix au bout du fil, elle ne savait dire que des banalités. Elle gardait cachée, enfouie, une inextinguible soif d'affection. Cette affection qu'elle cherchait chez les hommes, mais qui était toujours trop grande, intarissable. Elle avait appris à la cacher pour ne pas les effrayer. Elle avait appris à se contrôler, à ne pas faire fuir les hommes avec son cœur béant. Quand bien même Thomas l'eût-il couverte d'affection et de tendresse, ce ne serait jamais assez. Comme les chatons non sevrés, ce n'était pas l'amour d'un homme dont elle avait besoin, mais de celui, désormais impossible, d'une mère.

Sa mère à elle l'appelait tous les jours, de son hôpital, pour lui dire combien elle souffrait, et à quel point vivre était un calvaire. La plupart du temps, Elsa ne décrochait pas. Elle n'écoutait pas les longs messages laissés sur son répondeur. Elle se contentait d'envoyer de l'argent à sa mère, quand elle le pouvait. De temps en temps, elle finissait par répondre et alors, une voix du fond des âges, apathique, l'appelait à l'aide. Elsa marmonnait qu'il ne fallait pas s'en faire comme ça, ni être aussi négative. Elle ajoutait qu'elle était pressée, qu'elle rappellerait plus tard.

18

Il y avait chez Thomas un frigo américain. Elsa ne se souvenait pas d'avoir déjà vu ce genre d'appareil hormis précisément aux États-Unis. Le frigo était bien plus large qu'un frigo classique, gris métallisé, et, comble du luxe, produisait des glaçons à volonté. Il suffisait de tendre son verre et, comme d'une corne d'abondance, on obtenait un verre d'eau fraîche, une pelletée de glaçons ou de glace pilée. Avoir ce genre de frigo chez soi était pour Elsa la preuve irréfutable d'une vie matériellement réussie et, bien plus qu'une Rolex, un véritable marqueur social. Elle ne se lassait pas d'apporter des verres d'eau glacée à Thomas sur son bureau, pour le simple plaisir de pouvoir actionner l'engin et d'entendre sa parfaite mécanique se mettre en branle. Thomas lui avait dit que Béatrice aimait siroter le soir un whisky *on the rocks*, et qu'elle avait, elle aussi, une passion pour ce large frigo qui, luisant de mille éclats métallisés dans la cuisine cramoisie des Blandy, volait presque la vedette au Picasso.

La cuisine était équipée des derniers accessoires à

la mode : îlot central, broyeur et cuit-vapeur intégrés, extracteur de jus, four à pain, sorbetière et tant de robots qu'Elsa n'aurait pas assez d'une vie pour déchiffrer l'intégralité de leurs modes d'emploi.

Un midi, Thomas proposa de préparer ensemble une *belle salade.* Il ouvrit les portes parfaitement symétriques du frigo américain :

— Qu'est-ce qu'on a ici ? Voyons voir, une batavia toute fraîche, des radis, des tomates ananas – mes préférées –, des courgettes, on a même des carottes ! Au boulot !

Tandis que Thomas tranchait les courgettes, décrétant que ce légume s'appréciait encore mieux froid que chaud, encore mieux avec peau que sans peau, Elsa s'attaquait à l'épineux problème des carottes râpées.

— Je crois que Béatrice râpait les carottes avec ça, dit Thomas en désignant un robot de taille monstrueuse.

Manifestement, il manquait la râpe et le récipient censé recueillir les légumes. Elsa ouvrit un placard qui débordait d'ustensiles de cuisine, la plupart encore dans leur emballage. Elle remua, déplaça les différents instruments sans succès.

— Vous êtes sûr, Thomas, que vous avez toujours les accessoires pour ce robot ? Ça paraît bien compliqué…

— Mais bien sûr, Béatrice avait tout prévu ! Cherchez ! Cherchez mieux !

Elsa sonda un second placard bourré de boîtes en plastique de toutes tailles, de quoi organiser dix ans de pique-nique, elle le referma, en ouvrit un troisième, puis un quatrième, avant de revenir au premier. Il y avait au fond une boîte en carton, qu'elle n'avait pas pris la peine de sortir, la râpe se trouvait peut-être là. Après avoir vidé la totalité du placard sur le plan de travail, Elsa parvint à l'en extraire. Elle contenait tout un assortiment de râpes et de spatules d'épaisseurs et de formes variées. Elsa sélectionna une râpe dont les trous semblaient correspondre au diamètre recherché, l'outil était prolongé d'un lourd bloc de plastique qu'elle parvint à emboîter sur le robot. La première carotte entra dans l'appareil avec un bruit de tronçonneuse, comme si on était en train de ratiboiser tous les arbres des Tuileries. Le sol, les meubles laqués, les lustres, et même le Picasso, tout tremblait sous les assauts de l'engin râpeur. Même Thomas, qui devenait un peu sourd, sursauta. « Mais vous en faites un boucan du diable ! »

Ce qui s'affaissa avec un gros *poc* dans le récipient ressemblait plus à un bloc de ciment gélatineux de couleur gris verdâtre qu'à des carottes râpées. Elsa essaya, à l'aide d'une petite cuillère, de déloger ce qui restait de matière coincée dans la râpe, un autre gros bloc, *poc*, s'abattit dans le bol, sans doute des restes d'anciens aliments putréfiés, tenta de se rassurer Elsa. Elle entreprit de démonter l'instrument afin de nettoyer les parties une par une. Mais la râpe mécanique était composée de dizaines de petites vis, grilles, parties métalliques ou plastique de formes et tailles différentes, si bien que lorsqu'elle eut enfin tout démonté et lavé – sauf une partie au fond qui restait inaccessible même à la brosse –, elle fut incapable de le remonter.

— Eh bien, c'est malin, vous m'avez cassé mon robot ! s'insurgea Thomas.

Elsa le consola en lui assurant qu'on en trouvait de bien plus pratiques, moins encombrants, elle se ferait une joie de lui en offrir un autre au plus vite. En attendant, il faudrait penser à faire le tri dans les placards, car la plupart des ustensiles étaient inutilisables et, elle venait de le découvrir, leurs notices d'utilisation étaient toutes en allemand.

Pendant que Thomas lavait les radis, Elsa cherchait un économe, un simple économe priait-elle, pour en finir avec ces putains de carottes.

Thomas enclencha le broyeur de l'évier, et le bloc grisâtre et gélatineux disparut dans un bruit métallique.

— Thomas, vous n'avez pas oublié d'enlever la petite cuillère ?

Trop tard, l'ustensile fut broyé lui aussi, dans un bruit d'enfer. Elsa fit le geste de le récupérer dans le broyeur, « Malheureuse, dit Thomas, ne mettez jamais votre main là-dedans ! Il y a déjà eu tellement d'accidents avec ça ! Des doigts, des mains, des vies entières broyées ! »

19

Un matin qu'elle était restée seule à l'appartement, Elsa eut envie de revoir le bureau de Béatrice. Se rasseoir à sa table. Toucher à nouveau ses stylos, ses trousses. Elle n'avait toujours rien écrit, trouvé aucune inspiration, peut-être qu'une petite virée là-haut l'aiderait.

Une fois dans le bureau, elle le vit, sur la table, en évidence, comment n'y avait-elle pas pensé plus tôt ? L'ordinateur portable de Béatrice trônait. C'était un Mac, le même que le sien, gris métallisé, aux mêmes dimensions. Elle ouvrit l'appareil et appuya sur le bouton de démarrage. Le nom de Béatrice apparut au centre de l'écran, avec une demande de mot de passe. Il fallait s'y attendre. Béatrice laissait traîner ses carnets intimes dans ses tiroirs mais verrouillait l'accès à ses manuscrits. Et si elle utilisait, comme beaucoup de gens, sa date de naissance ? Elsa prit son smartphone et ouvrit la page Wikipédia de Béatrice. Elle tenta différentes combinaisons avec son nom et sa date de naissance. Rien à faire. Elle fit de même avec la date de naissance de Thomas, sans succès. Il y avait sûrement une façon d'accéder au bureau de Béatrice en contournant le mot de passe. Elle chercha sur le site d'Apple, en effet, il était possible de réinitialiser l'appareil, mais toutes les données ne risquaient-elles pas d'être perdues ? Il valait mieux se renseigner auprès d'un informaticien, ou de quelqu'un qui s'y connaisse un peu, avant d'effacer de façon peut-être irréversible le contenu de l'ordinateur. C'était rageant tout de même, si près du but…

Elsa entendit les marches grincer, des pas dans les escaliers. L'ordinateur émit un son mat quand elle rabattit l'écran. Paola se tenait droit devant elle, elle avait perdu son sourire.

— C'est le bureau de Madame !

— Je sais, dit Elsa, je suis curieuse, je voulais juste m'asseoir un moment…

— Vous avez déjà tout l'appartement pour vous, ici c'est chez Madame, répéta Paola.

— Bien sûr, bien sûr, je suis désolée Paola… Je vais redescendre.

Mais Paola ne bougeait pas. Il y eut quelques secondes où Elsa aurait pu répondre, « de quoi vous mêlez-vous à la fin, si Thomas n'a jamais osé monter ici, personne ne me l'a interdit à moi ». Mais l'immobilité de Paola l'impressionnait. Elle se leva et quitta rapidement le bureau, tandis que Paola lui emboîtait le pas, avant de refermer la porte derrière elles.

Le soir, elle évita de parler de l'incident à Thomas. Ils prirent l'apéritif dans le salon, devant un film, mais elle n'avait aucune envie de dîner. Quand ils firent l'amour, Elsa n'y était pas vraiment, elle songeait à cet ordinateur qui l'attendait, là-haut. Il suffirait de l'échanger avec le sien, puis de l'emmener directement chez Apple, ou de trouver quelqu'un qui en débloquerait l'accès. Oui, rien n'était insurmontable et au point où elle en était, il aurait été dommage de s'arrêter à cause d'un simple mot de passe. Mais Thomas la suppliait de jouir, « viens, viens, moi, je vais venir ». Ce n'était pas si facile de jouir, eut-elle envie de répondre, mais pour la première fois elle accéléra le rythme, afin que Thomas jouisse plus vite, pour elle, de toute façon, c'était encore fichu.

Lorsqu'elle retomba sur le côté, Elsa ouvrit les yeux. Suspendue au mur d'en face, elle ne vit qu'elle. L'immense toile de Cy Twombly. Elle faisait partie d'une série qui avait rendu célèbre le peintre américain, dans les années 60, c'était un fond blanc sur lequel se détachaient de grands entrelacs carmin, une écriture géante mais difficilement lisible. Elsa plissa les paupières, fixa l'image. À droite se détachait un graffiti qui, contrairement au reste de la toile, n'était pas peint mais dessiné à la cire. Elle se leva d'un bond et fit sursauter Thomas.

— Qu'est-ce qui vous prend ?

— C'est vous qui l'avez accroché ce tableau, Thomas ?

— Non, c'est un des seuls que Béatrice supportait. C'est pour ça qu'elle l'avait mis dans notre chambre.

Elsa s'approcha de la toile et déchiffra l'inscription : « GAME OVER ».

Vers huit heures, elle n'y tint plus. Alors que Thomas faisait sa toilette et que Paola n'était pas encore arrivée, elle monta avec son portable dans le bureau de Béatrice et procéda à l'échange. Personne n'irait vérifier et de toute façon, elle n'en avait pas pour longtemps. Elle s'installa dans un coin de la chambre, face au tableau de Twombly, et ouvrit l'ordinateur de Béatrice. Elle entra « GAMEOVER », en majuscules, comme sur la toile. La page d'accueil s'ouvrit, alors que Thomas sortait de la salle de bains.

— Déjà au travail ? Vous m'impressionnez...

Elsa rabaissa l'écran de l'ordinateur, elle souriait.

— Vous savez bien que je n'écris plus.

— Quelque chose me dit que ça va revenir...

Thomas mit un temps interminable à choisir sa chemise, son pantalon. Cet homme possédait plus de vêtements qu'Elsa n'en avait jamais eu de toute sa vie, un parfait dandy. Quand elle l'entendit s'affairer à la cuisine, elle put enfin parcourir le contenu de l'écran d'accueil de Béatrice. Un dossier TEXTES à gauche se dégageait des autres icônes aux noms plus prosaïques, IMPÔTS, SYNDIC, MUTUELLE... Elle l'ouvrit. Différents dossiers portaient les noms de romans déjà publiés par Béatrice. Mais aucun n'indiquait un texte inédit, ou en cours. En les classant par ordre chronologique, Elsa s'aperçut que le dernier fichier remontait à 2016, soit deux ans avant sa mort.

20

Elsa se regarde dans le miroir. Elle sort dîner avec Thomas. Un de ces dîners parisiens qu'elle commence à connaître. Thomas sera brillant, drôle, comme toujours. Elle se sent moche, son regard triste, marron yeux de cochon, sa mine de chien battu. Ses cheveux plats, marron eux aussi, ternes. Elle est banale, tout en demi-teintes, morose. Le contraire de Béatrice avec son regard azur, ses cheveux noirs, une fille qui avait du peps, « dès qu'elle entrait dans une pièce, on ne voyait plus qu'elle... ». Son amie Noémie elle-même le pensait. Elsa se dégoûte ce soir. Ce sont peut-être ses règles, qui devraient arriver d'ici quelques jours ? C'est sûr, au bras de Thomas, tout le monde la comparera à Béatrice. Tout le monde plaindra Thomas de n'avoir pas déniché mieux qu'elle. Et tout le monde aura raison. Elle est vraiment le second choix. La pâle, très pâle copie de Béatrice. Derrière les sourires de façade, elle entend déjà les sous-textes, « Tout de même, Béatrice, c'était une autre classe ! »

Derrière la porte de la salle de bains, Thomas

tambourine, sa voix, impérieuse : « Vous venez, Elsa ? J'ai appelé un taxi, il sera là dans cinq minutes ! »

Elsa arrache son jean, sa ceinture, sa chemise, les piétine sur le sol de la salle de bains. Ouvre grand la penderie de Béatrice. Saisit une robe de crêpe noire avec un col Claudine bleu. C'est une robe de couturier, plus chic qu'aucune de celles qu'Elsa se soit jamais payées, elle qui est habituée aux enseignes de la grande distribution. Elle enfile la robe à la hâte, même si la taille semble bonne, elle se sent engoncée dans ce vêtement ultra-moulant. Elsa ne s'est jamais sentie vraiment femme. Tout comme, enfant, elle ne s'est jamais sentie vraiment fille. Malgré leurs blessures communes, malgré leurs enfances si proches, Béatrice était devenue une femme. Qui portait des vêtements de femme. Du maquillage de femme. Elsa ne se maquille pas, ne met pas de bijoux, ne va jamais chez le coiffeur ni l'esthéticienne. Son investissement dans la féminité est minimum. Et pourtant, ce soir, elle donnerait tout pour être une femme, rien qu'une fois. Rien que pour Thomas. Essayer. Essayer au moins. Elle sort les trousses de maquillage de Béatrice et les aligne sur le rebord de la baignoire. Ouvre les palettes, les nuanciers. Les poudriers. Dévisse un pot de fond de teint. S'en passe sur le menton, puis remonte vers les joues, les tempes, les ailes du nez. Elle entrouvre un boîtier Estée Lauder. Au moins 200 balles ce truc. Quand on se met 200 balles sur la peau, c'est qu'on y croit, non ? Qu'on croit un minimum en soi, en son pouvoir de séduction. Essayer, essayer encore. Elsa prend un large pinceau et prélève un peu de poudre, s'en applique sur les joues, le front, le menton. Une femme. Essayer encore. Elle fait de même avec le fard à joues rosé, qu'elle étire de la commissure des lèvres jusqu'aux tempes, ainsi qu'elle a vu faire sa mère, petite. Sa mère se maquillait beaucoup. Sa mère se tartinait du matin au soir de crèmes, de soins, d'onguents. Avant de tout lâcher. Rattrapée par la dépression. Avant de se laisser aller complètement. Elsa n'est pas sa mère. Essayer. Essayer encore. Elle recule devant le miroir. Au lieu d'adoucir ses traits, le maquillage en souligne la dureté. Un travesti, voilà à quoi elle ressemble. Baudelaire avait raison. L'artifice ne sert que la beauté. La laideur, il l'aggrave. La démultiplie.

— Elsa, le taxi est là ! Dépêchez-vous, voyons !

Essayer encore. Elsa entrouvre une palette de maquillage laquée noire, sobre, Chanel cette fois. Tout un camaïeu de bleus. Pour souligner le regard de Béatrice, bien sûr. Comme les foulards que Thomas lui tendait à leurs premiers rendez-vous. Couvrez-vous voyons. De bleu si possible. Elsa trempe le pinceau à embout spongieux dans le bleu cobalt, assorti au col Claudine de la robe. Elle s'en applique largement sur les paupières. Puis sous les yeux. Et puisque Thomas aime le bleu, on va lui en servir du bleu. Elle charge à nouveau le pinceau de fard. Déborde des paupières vers les tempes, des tempes vers le front, du front vers les joues.

Bleu

Tout doit disparaître

Le nez, le menton

Et le cou ! Bleu

Elsa ouvre le placard du haut et empoigne une perruque noire, courte. La perruque de Béatrice. La fait glisser sur son crâne. Dissimule ses mèches châtains sous les cheveux synthétiques. Essayer encore.

Tout doit disparaître

Tout

Béatrice la fixe dans le miroir.

Son regard glacial la dévisage. Ses lèvres articulent :

— Garce !

Béatrice s'avance vers Elsa qui se cogne contre la baignoire.

— Tu ne seras jamais moi ! Tu n'es qu'un simulacre, un fake ! Tu ne m'arrives pas à la cheville ! Thomas n'y connaît rien. Il n'est même pas capable de distinguer l'original de sa copie, tu sonnes creux !

Les mains blanches de Béatrice l'attrapent à la gorge.

— C'est moi la seule, l'unique ! Tu n'existes pas !

Elsa ferme les yeux et s'abandonne à l'étreinte glacée de Béatrice. Tue-moi, oui, tue-moi, qu'on en finisse. L'air commence à manquer. Elle suffoque.

— Mais enfin, Elsa, qu'est-ce que vous fichez ?

Des bras la retiennent, l'empêchent de s'écrouler. Derrière elle, la haute silhouette de Thomas.

— Enlevez cette perruque, voyons ! C'est celle que Béatrice s'est achetée avant sa première chimio. La pauvre n'a même pas eu le temps de la porter ! Et puis ce fard, vous en avez partout, nettoyez-moi ça !

Thomas décroche une serviette de toilette et lui frotte énergiquement le visage. Elsa sent la douleur aiguë dans son mollet, le choc contre la baignoire.

— Thomas ! Vous ne l'avez pas vue ?

— Qui ça ?

— Béatrice !

— Vous le faites exprès ? Vous le faites exprès de toujours me ramener dans le passé ? Qu'est-ce que vous cherchez au juste ?

Il se raidit. « Bon, j'appelle pour annuler cette soirée. »

21

Elsa avait passé plusieurs jours à éplucher le disque dur de l'ordinateur de Béatrice, à la recherche d'un fichier caché, sans succès. L'éditrice avait parlé de carnets japonais sur lesquels Béatrice écrivait, se pouvait-il qu'elle n'ait pas eu le temps de les retranscrire sur ordinateur ? Mais alors, où se trouvaient-ils s'ils n'étaient pas dans son bureau ?

Elsa pensa à ses propres manuscrits, où les cachait-elle lorsqu'ils étaient en cours et qu'elle voulait absolument éviter que quelqu'un tombe dessus ? Il lui était arrivé de les mettre dans toutes sortes d'endroits, jusqu'à parfois ne plus les retrouver elle-même. C'était le cas quand elle vivait avec le père de son fils, quelques années plus tôt. Celui-ci, d'une jalousie maladive, avait à plusieurs reprises fouillé son téléphone portable, mais aussi ses carnets, son ordinateur… Que recherchait-il exactement ? Une preuve de désamour ? De son infidélité ? Elsa avait même commencé à écrire un faux journal intime, pour détourner son attention, et ainsi pouvoir le rassurer, mais s'était vite lassée. Plus il la soupçonnait d'elle ne savait quel crime et plus elle noircissait ses carnets de pensées de plus en plus sombres à son égard, jusqu'à avoir envie de lui donner raison, de le quitter pour de bon. Tout plutôt que de vivre dans cette peur continue d'être démasquée, mise à nu, telle qu'elle l'avait déjà connue avec sa mère, trente ans plus tôt.

Un jour, il lui avait brandi un carnet sur lequel elle avait juste esquissé quelques idées, il l'avait trouvé dans ses étagères, planqué derrière une rangée de romans. Et si Béatrice avait fait de même ? Si elle avait caché ses manuscrits dans sa bibliothèque, tout simplement ? Après tout, c'était leur destination naturelle, là où ils finiraient à coup sûr quelques mois ou quelques années plus tard, imprimés et revêtus de la jaquette d'un prestigieux éditeur.

Elsa poussa un des sofas près de la bibliothèque et en enjamba les coussins colorés. Elle commença à déplacer les livres des rayonnages les plus élevés, les plus inaccessibles. Tout en haut de la troisième étagère, elle découvrit une rangée de livres de Nathalie Sarraute. Les quelques titres, alignés, formaient cet étrange poème :

Ouvrez
Les Fruits d'Or
Elle est là
Ici
Entre la vie et la mort
Tu ne t'aimes pas

Nathalie Sarraute était un des classiques qu'Elsa avait le plus lus. Son texte préféré trônait au milieu de la rangée, *Tu ne t'aimes pas.* Non, elle ne s'était jamais beaucoup aimée, et c'est pourquoi ce texte l'avait autant marquée, comme si chaque ligne s'adressait à elle. Et si Béatrice, en alignant les livres de la sorte, avait aussi voulu interpeller Elsa ? *Ouvrez !* ordonnait-elle. *Ici !* Elsa écarta les ouvrages de Sarraute. Bonne pioche. Deux minces carnets étaient glissés contre l'arrière-fond de l'étagère. Elsa s'en empara.

Ils étaient beige et noir, de marque japonaise, ITOYA, et semblaient fatigués à force d'avoir été manipulés. Sur le premier, un titre, en majuscules, comme sur la toile de Twombly, *GAME OVER*. S'agissait-il d'un titre de travail ? Du titre définitif ?

Elle l'ouvrit au hasard. « *Il n'y a que le désir qui compte. Qui vaut d'être raconté. Le désir, c'est une cigarette, c'est un dessin de Matisse, ce sont les yeux bleus d'Henry Fonda, sa bouche crispée dans* Il était une fois dans l'Ouest, *une photo de Man Ray, une odeur, les épaules et le souffle de la personne aimée, Dom Juan de Mozart, un cocktail à Venise, les* Claudine *de Colette, Hitchcock et Chabrol… le reste ne compte pas, ne compte plus. Plus jeune, je désirais tout, n'importe quoi, n'importe comment. Plus le temps passe, plus je sais où est mon désir. Plus il m'appartient. Personne ne doit m'en déposséder. J'écris au milieu de la nuit, manches retroussées et chaleur accablante. Plus mon désir et mon amour augmentent, plus je me sens puissante. Ne plus être objet de désir, mais sujet. Envie de prendre plutôt que d'être prise, de faire jouir, d'être grande, large et forte plutôt que petite chose fragile…* »

Elle replaça la rangée de romans sur l'étagère, remit le sofa en place et emporta les carnets avec elle.

22

Elsa relut plusieurs fois les deux fascicules. Il y avait à peine une trentaine de pages, mais qui contenaient en germe une incroyable puissance narrative. Plutôt qu'un récit, c'était un ensemble de fragments qui, mis bout à bout, formaient un texte étrange, intense. Un entrelacs de notes et d'anecdotes qui donnaient à voir toute la force et l'originalité de la pensée de Béatrice Blandy. Elsa ressentait chaque phrase écrite par Béatrice au plus profond d'elle-même : elle nommait ce qui ne l'avait jamais été, et à travers ses mots, c'était une vision du monde profonde, neuve, qui affleurait à la conscience. Elle avait le don de vous révéler des parties de vous-même dont vous ne soupçonniez pas l'existence jusqu'alors, des zones inexplorées qui ne demandaient qu'à surgir, à s'affirmer enfin. C'était le livre de l'émancipation, celui où elle semblait avoir endigué les anciennes colères, les rages refoulées. Le texte ne s'en trouvait que renforcé, affranchi. Béatrice révélait dans ce texte la vraie nature du désir, qu'elle appelait aussi « élan vital ». Oui, cela apparaissait dans ce texte bien plus que dans ses précédents, Béatrice était une écrivaine du désir, elle parlait mieux que personne de sa puissance, du danger à y renoncer. Ce texte était un manifeste, pour Elsa, et pour tous ceux qui auraient la chance de le découvrir. Et pourtant, ce désir retrouvé, Béatrice avait-elle eu réellement le temps de le vivre ? Le cancer l'avait rattrapée en plein vol, en pleine écriture. Qu'ils sonnaient juste, ces mots, ces phrases, mais comme la réalité était venue, cinglante, les interrompre.

Ce n'est qu'à la troisième lecture qu'Elsa réalisa l'étendue du chantier. Le texte était principalement composé de bribes, de phrases hachées, souvent inachevées. Plus on avançait dans le texte et plus il se délitait, finissant par s'interrompre net, en plein développement, laissant le lecteur en plan, comme orphelin. Où était la suite ? Où tout cela menait-il ?

Il était toujours possible de publier le court texte de Béatrice en l'état, mais qui l'apprécierait à sa juste valeur ? Seulement quelques connaisseurs, des chercheurs et une petite poignée d'aficionados. Ce serait un vrai gâchis, une perte, au vu de la puissance du texte, de tout ce qu'il avait à apporter aux lecteurs. Oui, l'éditrice de Béatrice avait raison, il y avait un droit du lecteur, un droit d'accéder aux pensées les plus originales de son temps, les plus visionnaires. Béatrice n'écrivait pas pour l'élite, ce n'était pas le sens de son travail. Plus elle relisait ses carnets, plus Elsa comprenait qu'il fallait les rendre lisibles, les ouvrir au plus grand nombre, comme Béatrice semblait l'exiger à travers les mots de Nathalie Sarraute : « Ouvrez ! » Si le texte de Béatrice était développé, explicité par endroits, il gagnerait en force, en clarté. C'était un diamant brut, encore fallait-il l'extraire des fragiles carnets où il était encore en friche. Béatrice écrivait ses premiers jets sur papier, c'était sans doute lors du passage à la rédaction sur ordinateur qu'elle éclaircissait ses pensées, les rendait plus limpides, plus lisibles. En un mot, publiables. Qui à présent pouvait faire ce travail mieux qu'Elsa ?

III

IMAGINER

Imaginer : *Inventer de toutes pièces ou créer par combinaison de choses, d'idées existantes.*

23

Une période de concentration intense commença. Elsa se plongea dans ce travail de réécriture avec délice, presque avec volupté. Elle avait l'impression de reprendre sa conversation avec Béatrice là où elle l'avait laissée, quelques années plus tôt. La seule différence, et pas des moindres, était qu'aujourd'hui elle y prenait part de manière plus active. À chaque phrase qu'elle reprenait, qu'elle déployait, elle s'affirmait un peu plus et prenait confiance en elle. Les notes de Béatrice étaient comme un tremplin sur lequel elle s'appuyait pour aller de l'avant. Elles lui donnaient des ailes. À chaque fragment, elle comprenait un peu plus profondément le texte, jusqu'à parfois ne plus faire qu'un avec les intuitions de Béatrice, qu'elle développait dans leurs moindres nuances. Elsa retrouvait cette force et cette énergie que lui insufflait chacune des phrases de Béatrice, chacun de ses mots.

Plus elle y travaillait, plus elle faisait sien ce texte. Elle entendait Béatrice derrière chaque phrase qui lui intimait : « Oui, vas-y ! Tu y es, continue ! Développe ! »

Chaque soir, Thomas la retrouvait plus sereine, plus rayonnante, comme si chaque mot, chaque chapitre la rendait plus forte, plus consistante. Elsa existait, elle pouvait s'incarner dans ce texte, et tout en lui dessinant de nouveaux contours, de nouvelles lignes, c'était elle qui se réinventait. Elle n'était plus cette fille déphasée, décentrée, toujours à la recherche de l'approbation des autres. Le texte de Béatrice, qu'elle travaillait et ciselait dans ses chairs les plus intimes, les plus vitales, l'ancrait, la rendait à son désir à elle et lui conférait la puissance qui lui avait toujours fait défaut. Elsa se sentait de mieux en mieux avec Thomas, cet homme que Béatrice avait choisi, cet homme qui était un peu le leur, à toutes les deux, maintenant, cet homme qu'elle s'engageait à aimer, à protéger, comme l'avait fait Béatrice durant toutes ces années. Le livre serait leur œuvre à elles deux, leur secret.

Le seul problème, l'unique obstacle pour Elsa était la fin du manuscrit. Il n'était pas terminé. Béatrice avait-elle envisagé une suite, un dénouement ? Avait-elle pris ces notes en totale improvisation ? Le texte s'arrêtait net, en plein développement, on restait comme suspendu aux lèvres de l'autrice, cela pouvait en faire la beauté mais aussi créer une immense frustration. Les lecteurs suivraient-ils Béatrice dans cette voie ? Le roman serait-il apprécié à sa juste valeur ? Elsa chercha en vain d'autres notes, d'autres pages dans l'ordinateur de Béatrice.

Pour fonctionner en l'état, il aurait fallu que l'inachèvement même soit voulu par l'autrice, or, manifestement, ce n'était pas le cas. Béatrice avait été interrompue brutalement par la maladie et ses priorités s'étaient déplacées ailleurs. Tout le texte pouvait être compris comme une tension vers une fin qui n'arrivait jamais. Certes Modiano l'avait fait, mais c'était chez lui un projet qui traversait chaque roman. Elsa avait écouté plusieurs entretiens dans lesquels Béatrice expliquait que pour elle, la littérature était une aventure. L'écrivain vivait cette aventure en explorateur, lampe torche à la main, contrairement au lecteur, qui lui emboîtait le pas. Béatrice affirmait qu'elle écrivait sans plan, avec la plus grande liberté. Tout de même, Elsa savait que lorsqu'on débutait un roman, on avait forcément une petite idée de la fin, au moins de la direction principale, sinon comment s'élancer? Bien sûr, le travail d'écriture, ses découvertes, ses accidents vous faisaient emprunter d'autres voies et vous éloignaient souvent du but premier, jusqu'à l'oublier parfois, mais il restait difficile de croire que Béatrice avait écrit sans savoir où elle allait. La mort l'avait rattrapée et avait interrompu le cycle, la mort avait fait passer l'art au second plan, mais c'était à elle maintenant, Elsa, de rallumer la torche, pour filer la métaphore de Béatrice, et de poursuivre le voyage.

À force, le manuscrit finit par infuser en Elsa à chaque instant. Elle vivait avec les mots de Béatrice, ils la guidaient, opéraient en elle un lent travail de transformation. Elle prenait confiance, parlait d'une voix plus assurée, craignait moins le regard des autres, comme si une force invisible la soutenait à chaque instant, à chaque décision. Elle n'était plus seule, les mots de Béatrice l'accompagnaient, opéraient sensiblement leur ouvrage en elle.

Le déclic se fit, Elsa trouva les ressorts dans le texte lui-même pour le reprendre et le continuer. Cela nécessitait certes de remanier le manuscrit par endroits et d'opérer certaines transformations qui le rendraient plus évident, plus harmonieux. Comme un peintre, lorsqu'il retouche certaines parties d'un tableau, se voit tenu de le reprendre dans sa totalité, c'était tout le texte de Béatrice Blandy qu'il fallait réécrire, non pour le trahir, mais bien au contraire, pour qu'il révèle toute son ampleur.

24

— Vous feintez ?

Elsa sursauta.

— Pardon ?

— Je vous fais un thé ?

Thomas se pencha vers Elsa, qui rabattit brusquement son écran d'ordinateur.

— Mais qu'est-ce que vous écrivez pour être autant sur vos gardes ? C'est un dossier secret-défense ?

— J'ai une idée de roman, je crois que je tiens quelque chose cette fois.

— Quelle nouvelle ! Sortons fêter ça !

— Pas ce soir, Thomas, je préférerais travailler…

— Ça fait des semaines que vous ne faites que ça, travailler… Vous n'écrivez pas sur nous, au moins ? Je ne suis pas en train de me faire tailler un costard ?

— Mais pourquoi vous dites ça ?

— Je ne sais pas, quand je vous vois planquer vos cahiers ou votre ordinateur à mon approche, j'ai l'impression que vous me cachez quelque chose, que vous êtes en train d'écrire, « ce type est un sale con ».

Elsa eut envie de rire.

— Rassurez-vous, ce ne sera pas totalement à charge…

— Vous pouvez peut-être me lire un passage ? Je ne sais pas, moi, le premier chapitre…

Plus Thomas insistait, plus elle avait la sensation de lui mentir, pire, de le trahir. Et plus elle gardait ça pour elle, plus ça enflait entre eux, comme un non-dit, un malaise de chaque instant.

— Ça fait des semaines que je vous vois écrire et je ne sais même pas de quoi ça parle !

— Est-ce que Béatrice vous faisait lire ses textes ?

— Elle était comme vous, c'était le genre à se planquer pour écrire…

— C'est encore trop fragile pour être montré à qui que ce soit, même à vous…

« Surtout à vous », pensait Elsa.

— Dans le milieu du cinéma, on assume, on écrit en pleine lumière !

— Vous voulez vraiment qu'on parle de ce milieu où l'on passe son temps à pitcher des histoires qui ne verront jamais le jour ?

— Vous avez changé Elsa, je ne sais pas ce que vous avez mais vous avez changé…

— Peut-être votre influence ?

Certains soirs, Elsa avait envie de tout dire à Thomas, de tout lui expliquer. Elle se rendait bien compte que plus elle attendait, plus terrible serait le moment de le lui annoncer. Mais quelque chose la retenait. Une peur, une angoisse de sa réaction… Que dire ? J'ai trouvé un texte de Béatrice et je suis en train d'y coller ma patte ? Oui, parce que figurez-vous que ce n'était pas vraiment abouti selon moi… Non, impossible, le dossier était trop sensible, comment réagirait Thomas ? Comment comprendrait-il sa démarche autrement que comme un vol, un plagiat ? Ses sentiments y résisteraient-ils ? S'il y avait une seule personne envers qui elle se sentait coupable, c'était lui. Pour le reste, elle avait l'impression de participer à un projet qui la dépassait, d'œuvrer pour quelque chose de plus vaste et qui s'appelait la littérature. Après tout, se persuadait-elle, qui connaissait le nom des auteurs des premiers grands textes littéraires qui nous étaient parvenus ? Il en était de même des fables, des chansons, des légendes qui se transmettaient depuis des siècles. Qu'importe les personnes réelles derrière une œuvre, l'essentiel était l'œuvre elle-même. Notre époque survalorisait la figure de l'artiste aux dépens de l'œuvre, un titre ne se vendait bien que si l'auteur était capable d'en assurer la promotion dans les médias, on préférait des auteurs toujours plus jeunes, toujours plus beaux et sûrs d'eux-mêmes, sortant si possible d'une grande école. La littérature était à l'opposé, et, si elle se présentait le plus souvent sous la figure d'un jeune homme bien coiffé et diplômé de Normale Sup, rodé pour répondre du tac au tac à n'importe quelle question en prime time, Elsa sentait qu'elle était loin, ailleurs.

25

Elsa se leva un matin et vit le portrait de Béatrice sur la table de chevet. Cela faisait des mois qu'elle se réveillait yeux dans les yeux avec cette photo, sur laquelle Béatrice souriait largement, solaire et souveraine. Pourtant, ce matin-là, Elsa eut envie de retourner le portrait contre le mur, ou mieux, de le fourrer dans un tiroir. Elle regarda dans la table de chevet. Elle débordait encore des affaires de Béatrice. Ses boules Quies, ses somnifères dont la date de péremption était à peine dépassée, ses limes à ongles, sa collection de bagues en verre, sans doute achetées lors d'escapades à Murano avec Thomas, ses lunettes de soleil, ses montres dont les piles n'avaient pas été remplacées… Le temps s'était définitivement arrêté dans cette chambre, dans cet appartement.

Quand quelqu'un se résoudrait-il à trier ces affaires ? À ranger ces photos ? Plus Elsa passait de temps avec le manuscrit de Béatrice, le réécrivait, se l'appropriait, y mettait des morceaux d'elle-même, moins elle supportait de rester dans ces lieux. Comme si la place qu'elle prenait dans ce texte lui donnait plus de poids, plus de légitimité dans l'espace concret. Elsa n'avait rien choisi dans cette chambre, rien décidé. Aucune trace de sa présence ici, alors qu'elle y vivait depuis presque un an. Et d'ailleurs y vivait-elle vraiment ? Qui était le fantôme finalement, de Béatrice ou d'elle ? Comment avait-elle supporté d'habiter au milieu des photos d'une autre, de ses vêtements, de ses souvenirs ? Comment avait-elle pu empêcher Thomas de vouloir en partir ? Elle se souvenait à présent de la visite dans le sixième arrondissement qu'ils avaient faite quelques mois plus tôt, comment avait-elle pu manquer de discernement à ce point, jusqu'à reprocher à Thomas de vouloir s'extraire de ce mausolée ? Le temps du deuil était passé, pour elle comme pour lui, et il fallait vivre. Elle pensa à cette chanson que Thomas entonnait souvent,

Malgré qu'en nous un enfant mort
Parfois si peu sourie encore
Comme un vieux rêve qui agonise
Faut vivre

C'était une chanson de Mouloudji, lui avait-il dit. Elsa ne connaissait pas Mouloudji, elle n'avait pas insisté. Mais oui, c'était lui qui avait raison, il était temps de vivre leur propre vie, de créer leurs propres souvenirs, d'être libres ensemble, peut-être.

Elsa retira la photo de la table de chevet. Elle ôta aussi celles qui se trouvaient sur l'étagère, tout près du lit, et qui, juxtaposées, composaient le scénario de la vie de Béatrice, de l'enfance jusqu'à ses soixante ans. Elle chercha un carton vide où les entreposer. Elle y empila tous les portraits qu'elle avait trouvés dans la chambre, Béatrice en petit peignoir, hop, dans le carton, Béatrice ado souriant de toutes ses dents baguées : carton, Béatrice et sa mère : carton…

Elle pénétra dans le bureau de Thomas, ramassa plusieurs portraits qui trônaient près de son ordinateur, montrant le couple s'embrassant à pleine bouche.

Dans les couloirs, le salon, il y en avait partout, comme si le visage de Béatrice se démultipliait dans chaque pièce. Elsa décrochait, vidait, empilait, repartait à la recherche d'un autre carton où stocker les images.

Elle tomba en arrêt devant le portrait qui l'avait si longtemps subjuguée, le couple de Béatrice et Thomas (qui d'autre ?) front contre front. Comment avait-elle pu embrasser cet homme, faire l'amour avec lui toutes ces fois sous le regard de sa femme ? Où était leur intimité, quel était leur couple pour avoir vécu de cette façon ? Et quelle était sa place à elle, Elsa, au milieu de tout ça ?

Elle se souvint d'un selfie qu'elle avait fait avec Thomas quelques semaines plus tôt. L'avait-elle gardé ou pas ? En général, elle ne supportait aucune image d'elle-même et les effaçait au fur et à mesure. Le selfie se trouvait en effet dans ses photos supprimées, mais le smartphone l'avait conservé en mémoire. Elle le récupéra et brancha l'imprimante de Thomas. Le portrait sortit en format A3, le plus grand que l'imprimante permettait. Thomas gardait les yeux clos et un sourire sur les lèvres tandis qu'Elsa, tout en tenant le smartphone à bout de bras, l'embrassait dans le cou. Derrière eux, une sculpture, vue à la nouvelle Bourse de Commerce où le tout-Paris se précipitait depuis quelques semaines. Elle représentait trois corps enchevêtrés : deux hommes soulevant une femme, une copie du *Rapt des Sabines*. La sculpture était en cire, et se consumait jour après jour, si bien que le visage de la femme avait complètement disparu sur la photo, ne laissant que des coulées de cire sur ses épaules et son buste. Est-ce qu'une rencontre pouvait provoquer cela, un rapt, une disparition progressive de soi ?

Elsa, à l'aide de quelques aimants, fixa la nouvelle photographie sur le frigo américain. Voilà, c'était mieux que rien.

Dans le salon, elle débarrassa aussi la table basse de sa collection de revolvers. Oui, maintenant qu'elle se l'avouait, depuis le début elle avait en horreur ces objets. Il fallait faire table rase de toutes ces breloques, pourquoi ne pas y avoir pensé plus tôt ? Pourquoi avoir vécu ou plutôt survécu dans ce mausolée ? Comment avait-elle pu demeurer en présence d'un spectre ? Avait-elle si peu d'estime pour elle-même ? Qui était-elle, elle, Elsa ?

26

Il y avait eu Estelle Lécuyer, Sybille Derville, en passant par Sabine Bourgois, Fanny Delattre, Agathe Rousseau. Toutes ces filles aimées, admirées, adulées depuis l'enfance. Elsa n'avait jamais remarqué qu'Estelle Lécuyer fût particulièrement jolie avant que sa mère ne lui en fasse la remarque un soir à la sortie de l'école, « Qu'est-ce qu'elle en a de la chance, la mère d'Estelle, d'avoir une fille si gracieuse, et ses yeux bleus… quelle belle enfant ! » Estelle et belle, ça rimait, et même si Elsa avait eu, sur le moment, un pincement au cœur, elle n'en avait rien laissé paraître. Mais elle avait eu ce jour-là une révélation : sa mère aurait préféré accoucher d'une fille comme Estelle Lécuyer. Dès lors, Elsa avait cherché à lui ressembler. Elle avait désiré des robes à smocks, comme elle. Puis des chemisiers Liberty, des sandales à bouts ronds et à semelle de crêpe de la même marque qu'Estelle Lécuyer, les mêmes socquettes à volants… En classe, elle observait les cheveux noirs d'Estelle Lécuyer, son visage de profil, son geste machinal de coincer une mèche de cheveux derrière son oreille. Elle aurait aimé avoir ses cheveux lisses, son profil, ses yeux clairs et elle s'exerçait à relever, comme elle, une mèche imaginaire. Elle adoptait ses gestes, ses mimiques, elle ne la quittait pas des yeux, et dans la cour de récréation, elle la suivait comme son ombre. Estelle Lécuyer détenait un secret, elle savait se faire aimer des adultes. Peut-être qu'à force de la fréquenter, cela finirait par déteindre sur Elsa. Et qu'alors sa mère à elle serait moins malade, qu'elle sortirait enfin de la chambre où elle restait enfermée des après-midi entières, bourrée de tranquillisants. C'était la naissance d'Elsa qui avait déclenché la première dépression de sa mère. Elsa était celle par qui le malheur était arrivé. Mais elle espérait bien être le poison et le remède. Elle était prête à beaucoup d'efforts pour cela. À se couler dans la peau d'Estelle Lécuyer s'il le fallait, ou dans n'importe quelle autre peau qui lui paraissait plus enviable que la sienne. Celle de Sybille Derville, de Fanny Delattre ou tout aussi bien de Sabine Bourgois. Qu'importe le flacon, pourvu qu'on ait la tendresse. Pendant toute son enfance, Elsa avait ainsi dérivé d'amie en amie, de modèle en modèle. Elle avait adopté les chemisiers Liberty d'Estelle Lécuyer, puis les tresses de Sabine Bourgois. Les jeans déchirés et le langage pas châtié de Fanny Delattre. Le perfecto et les bandanas de Céline Chevalier. Son maquillage outrancier aussi, ses mauvaises manières. Elle avait repris le droit chemin grâce à Sonia Dalle, lorsque ses parents l'avaient envoyée en pension. Sonia Dalle s'habillait en artiste, grandes boucles d'oreilles colorées et grosses bagues, elle voulait devenir peintre, ou décoratrice de théâtre. Elsa s'était inscrite en histoire de l'art après le bac. Quand Sonia avait finalement opté pour des études de commerce, elles s'étaient perdues de vue.

Elsa était chacune d'elles aujourd'hui, chacune de ses amies d'enfance avait subsisté en elle sous une forme ou une autre, elle était une mosaïque, un patchwork, un être éclaté et recomposé sans cesse, cherchant sans relâche à atteindre cet idéal que sa mère saurait, un jour peut-être, reconnaître et aimer.

27

Lorsqu'elle rentrait à Lyon, Elsa n'avait que quelques heures pour s'organiser et réintégrer son rôle de mère. Elle se précipitait au supermarché pour remplir le frigo, rangeait l'appartement qu'elle avait quitté précipitamment quelques jours plus tôt, pressée d'attraper le premier train pour retrouver Thomas. Elle aérait la chambre de Léo, changeait ses draps, ses serviettes de toilette, lançait des lessives, en pliait d'autres, arrosait les plantes assoiffées, passait l'aspirateur, récurait la baignoire où bientôt l'enfant barboterait avec ses jouets. Puis elle courait le chercher à l'école et c'était à chaque fois le même choc, la même stupéfaction : c'était donc son fils, ce vigoureux enfant qui faisait tournoyer son cartable dans les airs ? Léo semblait tout aussi indécis, il ne se précipitait pas vers elle, ne l'embrassait pas. C'était donc sa mère, cette grande dame dégingandée qui écarquillait les yeux derrière son masque ? Était-ce bien la même que celle qui l'avait déposé sept jours plus tôt, sur ce même trottoir ? Pouvait-il la suivre sans crainte ? Elle attrapait son cartable et ils avançaient, cahin-caha, sur le trottoir, sans trop savoir quoi se dire. Avait-il passé une bonne journée ? S'était-il fait de nouveaux copains ? Avait-il eu une bonne note en dictée ? Elsa s'épuisait elle-même avec ses questions idiotes mais l'enfant répondait patiemment. Oui, il avait eu un TB en dictée. Un Très bien ! On allait fêter ça en commandant des sushis ! À l'appartement, l'enfant retrouvait sa chambre et ses jouets qui n'avaient pas servi depuis une semaine, ses Kapla, ses Playmobil... Elsa avait toujours un petit cadeau pour lui, acheté pendant la semaine, souvent à la gare, à la dernière minute.

— J'ai une surprise pour toi !

— J'espère que ce n'est pas encore un livre !

— Mais pourquoi ?

— Je préfère un vrai jouet !

Elsa lui tendait la petite voiture, ou la casquette, ou le gadget et il bondissait de joie – même quand c'était un livre, ravi de cette attention qui prouvait qu'elle avait pensé à lui en son absence, qu'il existait bien en continu, dans sa vie à elle.

Une semaine plus tard, elle le redéposait devant l'école un matin. L'enfant hésitait à partir, à lâcher sa main, sachant qu'ils allaient passer une semaine loin l'un de l'autre et que cette semaine était un monde, une infinité de jours et d'heures qui lui rendrait une mère changée, différente, une inconnue à nouveau. Alors elle le serrait contre elle, l'embrassait et disait, « file retrouver tes amis », d'une voix qu'elle essayait de rendre légère, enjouée. Elle ajoutait, « à vendredi prochain, je t'aime ».

L'enfant montait les marches de l'école et se retournait une dernière fois, elle se fabriquait un regard rieur derrière son masque jusqu'à ce qu'il pénètre enfin dans le bâtiment.

Elle avait souvent du mal à s'éloigner du bout de trottoir où elle l'avait laissé, restait là les bras ballants, regardant les autres parents et essayant de distinguer lesquels retrouveraient leurs enfants le soir même, lesquels vivaient dans des foyers séparés, comme eux. Elle finissait par s'arracher à ce lieu, fonçait dans les rues de Lyon et s'écroulait dans le premier café. Quelques minutes plus tard, elle avait ouvert son agenda, son smartphone, elle était déjà ailleurs, sa semaine de liberté pouvait commencer.

28

— Allô allô ? Elsa ?

— Salut Noémie ! Je suis dans le train, ne t'étonne pas si on est coupées…

— Mais tu es injoignable ! Je t'ai laissé plusieurs messages, tu ne les écoutes pas ?

— Si, si, mais je cours tout le temps…

— Tu es toujours avec ton producteur ? Zoé doit faire un stage en troisième… Elle voudrait voir comment ça se passe sur un tournage de film.

— J'ai pas compris, un stage de quoi ?

— Qu'importe, juste assister à un tournage…

— J'en parlerai à Thomas, promis. Il est à Rome pour son travail.

— Tu n'avais pas envie de partir avec lui ?

— Je suis à Lyon, j'ai le petit cette semaine…

— Tu as trouvé ce que tu voulais ?

— Comment ça ?

— Tu ne cherchais pas un manuscrit ?

— J'ai trouvé des notes, on verra…

— Et tu nous le présentes quand, Thomas ?

— Bientôt, bientôt…

— Dépêche-toi, on pense à quitter Paris !

Le confinement avait été trop pénible à Paris, ils hésitaient entre Nantes et Bordeaux, où ils auraient plus de mètres carrés pour leurs deux filles. Noémie ferait des allers-retours pour son travail, il y avait de moins en moins de dessinateurs à Paris de toute façon, plus personne n'avait les moyens de rester ici.

— C'est dingue, il suffit que j'arrive à Paname, et toi tu files…

— Excuse-moi, mais depuis que tu es avec Thomas, on ne te voit plus du tout ! À croire que tu nous snobes…

— On est en pleine fusion !

— Fusion-confusion ! C'est le grand amour cette fois ?

— Allô allô ? Je ne t'entends plus, ce doit être le train, on se rappelle !

29

Elsa était dans les dernières relectures du manuscrit et s'apprêtait à poser le point final. Qu'allait-elle en faire ? Le montrer enfin à Thomas ? Elle ne cessait de repousser cette idée. Elle pouvait toujours l'envoyer de façon anonyme à l'éditrice de Béatrice, Florence Garnier. Thomas serait alors devant le fait accompli et bien obligé d'admettre que c'était un texte majeur, qu'il ne pouvait s'opposer à sa publication, même de façon posthume.

Comment être sûre que le manuscrit ne tombe pas dans de mauvaises mains ? Qu'il ne s'égare pas dans les dédales de la grande maison d'édition ? Elsa devait-elle passer le déposer elle-même à l'accueil ? Insister pour qu'il soit remis en mains propres ? Le nom de Florence Garnier sur l'enveloppe suffirait-il à ce qu'il lui parvienne ? Comment être certaine que le manuscrit ne serait pas filtré par un stagiaire qui le balancerait à la poubelle ? Le mieux ne serait-il pas qu'Elsa laisse ses coordonnées au dos de l'enveloppe ? Mais elle prenait alors le risque d'être reconnue, démasquée, que penserait-on de sa démarche ? Elle fit imprimer et relier le manuscrit, et le glissa dans une enveloppe, au nom et à l'adresse de la maison d'édition de Béatrice. Voilà, le texte était prêt. Quelqu'un allait bientôt recevoir un texte fantôme, un manuscrit d'outre-tombe.

Quelques jours passèrent sans qu'Elsa parvienne à s'en détacher. Le texte était là, prêt à être envoyé, sur son bureau, mais elle ne trouvait pas l'impulsion nécessaire pour s'en séparer. Plus les jours passaient, plus elle se persuadait que c'était un peu aussi son texte à elle. Après tout, elle l'avait entièrement rédigé et développé, à partir des notes de Béatrice. Elle l'avait pour ainsi dire traduit, elle lui avait offert une nouvelle vie romanesque. Le texte était tout autant de Béatrice que d'elle.

Les 120 pages – un exploit ! – du manuscrit ne semblaient pas prêtes à quitter le bureau d'Elsa, non, elle ne parvenait pas à y renoncer aussi facilement. Elle finit par se persuader que la meilleure solution était de reprendre ce manuscrit à son compte, de le publier sous son propre nom.

Elle appela son éditeur, pour le prévenir qu'elle s'apprêtait à lui envoyer un nouveau texte.

— Ça me fait vraiment plaisir Elsa, je te croyais complètement bloquée ! En pleine réunion aux AMIA...

— Les AMIA ?

— Les auteurs en manque d'inspiration anonymes, voyons !

— C'est assez court, tu verras, à peine 120 pages...

— Quel est le titre ?

— *Seul le désir.*

— Énigmatique... Je préfère te prévenir, je croule sous le travail en ce moment, on prépare la rentrée. Et puis, avec ce confinement, tout le monde s'est mis à écrire. Il y aura bientôt plus d'auteurs que de lecteurs, je ne pourrai pas te faire de retour avant plusieurs semaines.

Le lendemain, l'éditeur d'Elsa la rappela en début de matinée. Il avait commencé le manuscrit dans le RER en rentrant du bureau la veille, et n'avait pas pu le lâcher, il l'avait terminé tard dans la soirée.

— J'aimerais le programmer pour septembre, si tu es d'accord.

Septembre ? C'était la période de la rentrée littéraire, le moment où les éditeurs plaçaient leurs meilleurs textes en librairie ou du moins ceux dans lesquels ils croyaient le plus. C'était la première fois qu'on proposait cette date à Elsa, c'était plutôt bon signe.

Son éditeur la rappela encore pendant la journée, il voyait très peu de corrections au manuscrit, et plus il le lisait, plus il était impressionné. C'était vraiment le texte de la maturité, quel chemin parcouru ma chère Elsa. Il était fier de l'avoir accompagnée jusque-là, et heureux qu'elle lui ait confié son nouveau roman.

À partir de ce moment-là, ce ne fut plus qu'appels téléphoniques et messages de la maison d'édition auxquels il fallait répondre dans l'urgence : Elsa était-elle certaine de garder ce titre ? Que pensait-elle de la photo de jaquette ? Et de la quatrième de couverture ? À quelle date était-elle disponible pour rencontrer les commerciaux ? Le photographe ? Était-elle partante pour qu'on prévoie des déjeuners avec des libraires à Paris et en province ?

Lors du service de presse, Elsa vit passer le nom d'Eva Meyer, la journaliste qui avait accompagné l'éditrice de Béatrice chez Thomas. Elle déchira l'enveloppe qui lui était adressée, hors de question que le texte tombe entre ses mains. Vu le nombre de livres qui sortaient à la rentrée littéraire et qu'Eva Meyer ne manquerait pas de recevoir, peu de chance qu'elle prenne connaissance de son ouvrage. D'ailleurs Thomas ne lui avait jamais présenté Elsa, et il n'y avait aucune raison qu'Eva Meyer fasse le lien entre eux.

Dès que le livre fut envoyé aux professionnels, les demandes d'interviews, de rencontres en librairie et en festival commencèrent à affluer. Comme le répétait la responsable commerciale de la maison d'édition à Elsa, « engouement total, la magie opère ». Pour la première fois, son éditeur invita Elsa à déjeuner dans une trattoria à Saint-Germain-des-Prés. Il voulait lui annoncer la nouvelle de vive voix, son texte était déjà vendu dans une dizaine de pays pour des traductions. Il lui réservait le meilleur pour la fin, le livre était repéré par les jurés de grands prix littéraires. Il ne pouvait rien promettre, mais il était confiant.

30

L'été précédant la sortie du roman fut le plus bel été d'Elsa. Elle présenta Léo à Thomas, ou le contraire, et les deux s'entendirent tout de suite très bien. Thomas se montrait très à l'aise avec Léo, cherchant des terrains d'entente, proposant des jeux, lui faisant découvrir des films. Ils regardèrent ensemble ceux de Chaplin, *La ruée vers l'or*, *Le cirque*, mais aussi de Buster Keaton, de Jacques Tati, *Les vacances de M. Hulot*, *Mon oncle*, ainsi que plusieurs westerns. Thomas prenait le temps de parler des films avec Léo, de lui en expliquer les ressorts, ils riaient ensemble des chutes de Charlot, des farces de M. Hulot, et Elsa découvrait Thomas sous ce nouveau jour, un beau-père patient et attentif. Ils partirent en Bretagne où Thomas avait acheté une maison près de la mer. Il montrait les marées à Léo, l'emmenait sur son bateau visiter les îles alentour, ils se baignaient presque chaque jour.

Des amis de Thomas passaient à la maison, il y avait des chambres libres pour eux, des tables pleines de vin et de crustacés chaque soir, c'était joyeux. Une amie fit remarquer à Elsa que les étés précédents l'avaient été beaucoup moins. Thomas était si seul, si taciturne, tout le monde se réjouissait qu'Elsa soit entrée dans sa vie. C'est une chance pour lui de t'avoir rencontrée, répétait-elle. Tu lui apportes tellement de vie, tellement de gaieté. On retrouve enfin le Thomas qu'on a toujours connu !

Elsa pensait à peine au roman à venir, elle coupa son téléphone pour mettre fin aux demandes d'interview et de séances photo qu'elle recevait depuis juin.

— Votre livre n'est pas encore sorti et c'est déjà le branle-bas de combat, lui disait Thomas. Je ne sais pas ce que ça va donner en septembre !

Elle souriait en regardant Léo chercher des crabes à marée basse, avec son seau et sa petite épuisette.

— Maman, c'est tout ce qu'il reste de la mer ?

Thomas riait :

— J'adore votre fils, il est si facile, si sympathique !

Elsa le regardait avec gravité :

— Mais nous, on s'aime ?

Thomas coupait court à ce genre de questions :

— Filez donc vous baigner…

Thomas était le plus souvent d'humeur joviale. Avec lui, tout le monde était sympathique, charmant, formidable. Il ne parlait jamais des fâcheux, des gens tristes, ou pénibles, comme s'ils n'entraient tout simplement pas dans son champ de vision. Béatrice et lui avaient traversé la fin du vingtième siècle dans la légèreté et la poésie, le luxe et les fêtes, comme dans les romans de Fitzgerald, que Béatrice avait tant aimés. Thomas ne promettait rien à Elsa, son mot d'ordre était « pas d'engagement », et leur différence d'âge n'encourageait pas les projets à long terme. Elsa s'était résolue à vivre cette histoire au jour le jour. Ils apprenaient chacun à trouver leur place dans cette relation et Elsa s'en trouvait rassurée, apaisée. Rassurée aussi par le livre à venir, car, comme le lui rappelait son éditeur dans ses messages, « tous les voyants étaient au vert ».

Pour la première fois, Elsa pouvait envisager le futur avec sérénité. Elle avait tout ce qu'elle avait toujours désiré, un homme en qui elle avait confiance, un livre qui promettait de rencontrer ses lecteurs. Et pourtant, la nuit, vers deux ou trois heures, elle se réveillait. À côté d'elle, Thomas ronflait doucement. Elle allait dans la chambre de son fils, remontait les draps sur ses épaules, lui embrassait les cheveux. Elle se faisait un thé dans la cuisine, ou avalait un biscuit, un yaourt. Elle avait besoin de se remplir l'estomac, comme pour écraser un mauvais pressentiment. Tout cela était trop beau pour être vrai. Avait-elle bien fait de publier ce manuscrit sous son nom ? Était-elle vraiment taillée pour le succès et le bonheur ? Est-ce que tout cela pouvait aussi vite prendre fin ?

31

Le vendeur de fruits et légumes est derrière son étal. Il ressemble à tout sauf à un vendeur de fruits et légumes. Le teint rose des Anglais, les cheveux jaune paille. Il se tourne vers le policier qui est venu l'interroger.

— *La moitié des jeunes femmes manquent de jugeote...*

Les deux hommes rient de bon cœur.

— *Elles ne savent même pas quand elles se sont fait baiser...*

Elsa se tourne vers Thomas, qui sirote son verre de whisky.

— On n'entendrait plus ce genre de dialogues dans un film aujourd'hui, encore moins un film américain !

— Justement, c'est le film le plus britannique d'Hitchcock...

— Ah bon ?

— Dans *Frenzy*, il dit toute sa détestation de l'Angleterre, ce pays qui n'a pas voulu de lui. C'est Hollywood qui a reconnu Hitchcock...

— Ça veut dire quoi Frenzy ?

— Frénésie... Vous allez voir, il va très loin dans la

phobie du corps anglais, de la cuisine anglaise, de tout ce qui touche à son pays natal en fait…

Elsa reprend des cacahuètes et se blottit contre Thomas. Scène suivante. À l'écran, deux inspecteurs de police discutent au bar avec la serveuse, sans se douter que le suspect se trouve juste à côté.

— *On parlait de l'assassin à la cravate ! Soyez sur vos gardes Maisie !* lance l'un des inspecteurs.

La serveuse leur glisse un regard concupiscent.

— *Est-ce qu'il les viole avant de les tuer ?*

— *Oui ! À quelque chose, malheur est bon !* répond l'homme.

Et tout le monde s'esclaffe. Elsa n'en revient pas.

— Mais ce n'est plus possible d'entendre ça !

Thomas se détache :

— Vous allez arrêter avec vos commentaires féministes à deux balles ?

— Féministe, je veux bien, mais pourquoi à deux balles ?

— Allons Elsa, on ne va pas boycotter les films d'Hitchcock maintenant. Vous êtes assez intelligente pour les remettre dans leur contexte.

— Avouez que c'est choquant… tous ces viols, ces femmes assassinées à longueur de films…

— Vous savez ce que disait Hitchcock ? Qu'il fallait filmer les scènes d'amour comme des scènes de meurtre… et inversement.

— Il n'était pas un peu frustré, Alfred ?

— Et vous, Elsa, vous n'êtes pas un peu frustrée ?

Elsa reprend une poignée d'arachides et s'enfonce dans le canapé.

32

Le livre sortit fin août. L'agenda d'Elsa était déjà bien rempli. Des libraires lui écrivaient pour lui dire qu'ils avaient apprécié son texte et qu'ils avaient déjà commencé à le recommander à leurs lecteurs, *le bouche-à-oreille fonctionnait.*

Plusieurs journaux firent leur une avec le livre d'Elsa, la presse était unanime, on tenait là un grand livre. L'émission *La Grande Lecture*, à laquelle Elsa avait déjà participé – un de ses pires souvenirs –, la réinvita. Damien Deforêt en personne l'appela. Il était désolé de ne pas l'avoir reçue pour ses derniers romans mais là, il tenait à l'avoir dans sa première émission de septembre, celle qui ouvrait la rentrée littéraire, car il en était sûr, c'était pour lui LE roman de la rentrée. Il ne semblait pas se souvenir de son précédent passage, calamiteux, dans son émission. Elsa n'avait pourtant pas su aligner trois mots, sous le coup d'une telle émotion que les questions du journaliste lui avaient paru tout à fait nébuleuses, presque ésotériques. Elle avait bafouillé quelques onomatopées et

Damien Deforêt avait préféré passer le micro à d'autres invités, plus loquaces. Quand elle revint à l'émission pour ce nouveau livre, tout fut différent. Dans la loge où elle se préparait, elle sortit une photo de Béatrice de son sac. Contempler son regard bleuté suffit à la rassurer. Elle glissa la photo dans sa poche revolver, « ne m'abandonne pas, Béa, on sera ensemble sur le plateau ».

Elle n'eut pas grand-chose à dire, Damien Deforêt était si enthousiaste qu'il assurait lui-même la promotion du livre. Les autres invités l'avaient lu eux aussi et commencèrent à en parler à la place d'Elsa. Mise en confiance, elle prit plus facilement la parole lorsque ce fut son tour. Elle n'était plus cette autrice au mieux pudique, modianesque, au pire mutique, débile, non, elle répondait de façon synthétique, intelligente. C'était le livre de Béatrice autant que le sien et il lui était bien plus facile de le défendre. Elle se rendait compte qu'elle était limpide, claire, et que la confiance qui l'abandonnait pour parler de ses propres livres revenait dès lors qu'il s'agissait de ceux écrits avec une autre, surtout si celle-ci s'appelait Béatrice Blandy.

Pour la première fois de sa vie, alors qu'elle avait usurpé la place d'une autre, Elsa se sentit légitime.

Mi-septembre, *Seul le désir* fut sélectionné sur plusieurs listes de grands prix littéraires. Thomas encourageait Elsa, la conseillait, « répondez à telle interview, évitez celle-là, ne vous dispersez pas inutilement ». Il l'accompagna à plusieurs rencontres et soirées littéraires. Elle n'était plus seulement la mère du petit Léo, l'amoureuse de Thomas, elle devenait une autrice en vue, et depuis son passage réussi à *La Grande Lecture*, beaucoup de monde la saluait.

— C'est vous la star maintenant, il va falloir que je m'y fasse, la taquinait Thomas.

— Du moment que ça ne change rien entre nous...

— Pourquoi ça changerait quoi que ce soit ?

En librairie, le succès du roman se confirmait. Elsa commençait à y croire, oui, elle n'était pas loin de toucher son rêve. C'est début octobre que les ennuis commencèrent. Des rumeurs commencèrent à s'étendre dans Paris, Elsa Feuillet n'aurait pas écrit le best-seller de la rentrée. L'éditeur d'Elsa l'appela.

— Rassure-moi, Elsa, il n'y a pas de souci avec le texte, il est bien de toi ?

— Que se passe-t-il ?

— Des bruits de couloir, j'espère que ça n'ira pas plus loin, les avocats de la maison y travaillent.

— Quels avocats ?

Le lendemain, une lettre ouverte parut dans *Le Monde*, signée par la journaliste Eva Meyer et l'éditrice Florence Garnier. Elles y déclaraient que le roman dont tout le monde parlait en cette rentrée, *Seul le désir*, n'était rien de moins qu'un plagiat. Sa véritable autrice était Béatrice Blandy, disparue il y a trois ans, laissant derrière elle un projet de manuscrit dont seule son éditrice était informée. Le sujet en était le bonheur retrouvé, projet dont l'écriture et la publication avaient été avortées par la disparition soudaine de la romancière. Or l'éditrice avait reconnu dans le texte publié par Elsa Feuillet celui de Béatrice Blandy, même thématique, même style, même vocabulaire, c'étaient ses mots, elle en était convaincue. Il était impossible que le texte fût de quelqu'un d'autre, et encore moins de cette jeune autrice qui n'avait commis que quelques romans anecdotiques. La journaliste Eva Meyer confirmait ses soupçons, oui, en tant que critique et spécialiste du travail de Béatrice Blandy, elle aussi avait reconnu un écrit de l'autrice disparue. Toutes deux avaient passé le texte au crible d'un logiciel de détection de plagiat, en le comparant avec l'œuvre antérieure de l'autrice, et l'ordinateur arrivait aux mêmes conclusions, il s'agissait bien d'un roman de Béatrice Blandy. Elsa Feuillet était une usurpatrice, qui avait fait main basse sur son dernier manuscrit. D'ailleurs, cela bruissait dans Paris depuis des mois, elle était la nouvelle compagne de Thomas Blandy, qui n'était autre que le veuf de Béatrice. Tout concordait, cette rentrée littéraire était une escroquerie intellectuelle, et sans réaction de la maison d'édition d'Elsa Feuillet, une plainte pour contrefaçon allait être déposée, au regard de l'article L122-4 du Code de la propriété intellectuelle qui stipule que « toute représentation ou reproduction intégrale ou partielle faite sans le consentement de l'auteur (...) est illicite ».

La maison d'édition d'Elsa riposta par une autre lettre dans le quotidien. Oui, Elsa Feuillet était une grande admiratrice de l'œuvre de Béatrice Blandy, d'ailleurs son influence se faisait déjà sentir dans ses précédents romans, comme dans ceux de nombreux autres auteurs, tant l'œuvre de Béatrice Blandy était puissante et visionnaire. Leur autrice, Elsa Feuillet, ne s'en était jamais cachée, puisque par le passé elle avait dédié un de ses livres à Béatrice Blandy. De là à parler de plagiat, encore fallait-il le prouver, quand il ne s'agissait que d'influence littéraire, au mieux d'une source d'inspiration. Il y avait sur le marché des dizaines de logiciels de détection de plagiat, mais aucun n'était fiable à 100 %. Ils ne repéraient que des correspondances entre plusieurs textes, rien qui puisse faire office de preuve devant un tribunal. Suite à la lettre ouverte de Mmes Eva Meyer et Florence Garnier, l'éditeur d'Elsa Feuillet engageait des poursuites pour diffamation et exigeait des dommages et intérêts. La lettre était cosignée par plusieurs auteurs et journalistes en vue, dont la redoutée Nathalie Legendre, qu'Elsa avait croisée quelques mois plus tôt. Elle se souvenait de ses mots, « Montrez-leur, à ces bourgeois, ce que c'est qu'un véritable écrivain ». En voilà une qui ne devait pas être déçue, avec le scandale déclenché par le roman.

Dès lors, et le temps que l'affaire fût jugée, le roman d'Elsa, jugé trop sulfureux, disparut de toutes les listes de prix littéraires. On préférait attendre que la lumière soit faite sur cette affaire plutôt que récompenser une autrice qui ne le méritait pas.

L'odeur de scandale qui se dégageait du livre et les soupçons de plagiat ne firent qu'accélérer les ventes. Chacun voulait se procurer l'ouvrage qui faisait tant de bruit et juger par lui-même s'il y reconnaissait l'ultime roman de Béatrice Blandy. Les lecteurs connaissaient les livres de la célèbre écrivaine mais peu avaient lu ceux d'Elsa Feuillet. Ce fut l'occasion. Les premiers romans d'Elsa furent réimprimés et entrèrent eux aussi dans le palmarès des meilleures ventes.

La presse se déchaînait, une journaliste de *L'Express* reconnaissait dans tel passage une métaphore récurrente chez Béatrice Blandy, une autre la taclait une semaine plus tard dans *Libé* en soutenant que le travail de Béatrice Blandy était d'une bien meilleure qualité, et qu'essayer de vendre un Feuillet pour un Blandy était une manière bien habile pour une maison d'édition de se faire de la pub gratuite. Les soupçons de plagiat étaient naturellement une opération marketing bien huilée qui prenait les lecteurs de Béatrice Blandy en otage. D'autres au contraire voyaient dans cette accusation de plagiat rien d'autre que la pathétique tentative d'une éditrice jalouse et privée de son fonds de commerce.

La Grande Lecture consacra une de ses émissions à l'histoire du plagiat, à la fois comme thème littéraire et comme sujet de discorde entre écrivains. Où se termine l'influence, l'admiration d'un écrivain pour un autre, résumait Damien Deforêt dans sa pastille de présentation de l'émission, et où débute le véritable plagiat ? Nos invités seront sur le plateau de *La Grande Lecture* pour en discuter, ce soir à partir de 20 h 55. Elsa refusa de revenir s'expliquer dans l'émission, et se réfugia derrière les conseils des avocats de la maison : discrétion et profil bas, tant que l'affaire était en cours. Elsa n'était pas seule dans cette histoire, elle avait signé un contrat et la maison était mouillée avec elle jusqu'au cou.

Une ultime rencontre en librairie tourna au pugilat. En l'accueillant, la libraire s'engageait pourtant à ne parler que du livre d'Elsa et pas de l'affaire en cours. Elsa présenta son livre et en lut quelques extraits. C'était son exercice favori, ce qu'elle préférait : non pas parler du livre mais laisser le livre parler pour elle. Laisser les mots faire leur travail et capter l'attention et la sensibilité des gens. Chaque lecteur avait un chemin à faire avec un livre – ou pas de chemin du tout –, le reste n'était que commentaire, blabla, bruit. Au début de la rencontre, les lecteurs étaient silencieux, calmes, ils semblaient observer Elsa comme un animal de foire. Ainsi, c'était elle, cette petite personne tout à fait ordinaire, qui défrayait la chronique ? Ainsi, c'était elle, cette petite chose inepte, qui était au cœur de la tourmente ? Elsa termina sa lecture et la libraire proposa de passer aux questions du public.

Un homme d'une cinquantaine d'années ouvrit le bal, « J'ai beaucoup d'admiration pour l'œuvre de Béatrice Blandy, est-ce aussi votre cas ? »

L'assemblée ricana.

Une voix s'éleva du fond de la librairie, « Et sinon, ça ne vous gêne pas d'avoir piqué le texte d'une personne qui n'est plus là pour se défendre ? »

Une jeune femme au premier rang l'interrompit, « Voyons, jusqu'à preuve du contraire, Elsa Feuillet est innocente. »

Les rires repartirent de plus belle. La libraire tenta de calmer le jeu mais Elsa était blême, elle se leva et quitta précipitamment la salle pour se réfugier dans l'arrière-cour de la librairie.

Quand tout le monde fut enfin parti, une jeune stagiaire vint voir Elsa, « Si ça peut vous consoler, votre livre est la meilleure vente de la librairie depuis le début de l'année ! » Voilà, se dit Elsa, désormais il faudrait se contenter du lot de consolation.

33

Après cette rencontre, toute la tournée d'Elsa pour son nouveau livre, les dates de rencontres, en librairie comme en festival, les interviews, tout fut annulé.

Les experts firent repasser le texte par différents logiciels de reconnaissance de plagiat, aucun d'entre eux n'était décisif, au mieux indiquaient-ils un « score d'originalité ». Il en ressortait que 50 % du texte était de Béatrice Blandy et 50 % d'Elsa Feuillet, dont les écrits précédents avaient eux aussi été passés au crible informatique. Elsa n'avoua à personne que ces 50-50 étaient très proches de la réalité, et que si elle s'était certes accaparé le texte d'une autre, le travail qu'elle avait fait sur celui-ci était l'unique condition pour le voir publié et atteindre une telle audience. L'ordinateur n'ayant pu trancher, et les contradicteurs d'Elsa n'ayant pu réunir aucune preuve, les juristes des maisons d'édition respectives finirent par trouver un terrain d'entente, 50 % des droits produits par le livre seraient reversés à l'éditeur de Béatrice Blandy et à ses ayants droit, c'est-à-dire Thomas Blandy.

L'éditeur d'Elsa lui conseilla de quitter Paris un moment, de rester à Lyon ou dans n'importe quelle province, pourvu qu'on n'entende plus parler d'elle. Le temps que l'affaire se tasse. Qu'une nouvelle rentrée littéraire, avec son lot de scandales, remplace celle-ci. Il ajouta qu'elle ferait bien de se lancer dans un nouveau projet, de passer à autre chose, le plus tôt serait le mieux. Et d'adopter désormais une politique à la Elena Ferrante : plus d'apparitions publiques, plus d'interviews, de toute façon, ses romans se vendraient sur son simple nom désormais, sans qu'elle ait besoin d'apparaître.

Quand elle se plaignit à son éditeur d'être la risée de tout Paris, il lui répondit simplement, « Et alors, tes livres se vendent, c'est bien ce que tu voulais, non ? Tu n'auras plus de problème de loyer désormais, plus de problème de trésorerie, et tu as du temps devant toi pour écrire. Estime-toi heureuse ! »

Du jour au lendemain, elle n'eut plus de nouvelles de Thomas. Il ne répondit plus à ses messages, sauf pour lui demander dans un SMS lapidaire de bien vouloir lui renvoyer son jeu de clés par la Poste. Elle apprit qu'il avait trouvé un appartement et qu'il organisait son prochain déménagement. Plusieurs fois, elle tenta de le croiser en bas de chez lui, ou au jardin des Tuileries, mais il avait changé ses habitudes, comme s'il avait déjà quitté le quartier. Avait-il décidé de se mettre au vert, lui aussi ?

Elsa n'en dormait plus. Pourquoi Thomas ne s'était-il pas retourné contre elle avec l'éditrice de Béatrice, pourquoi n'avoir rien tenté publiquement et aujourd'hui l'abandonner comme il le faisait ? Craignait-il que le nom d'Elsa, désormais sulfureux, soit associé au sien ? Ou plus simplement, avait-il été dégoûté par son attitude, sa trahison ? Chose étrange, ils n'avaient jamais eu aucune discussion à ce sujet tous les deux. Thomas avait sans doute lu le livre à sa sortie, mais ne lui en avait jamais parlé, et s'il l'avait fait, que lui aurait-elle répondu ? Que ce texte était de Béatrice, certes, mais pas tout à fait. Qui pouvait comprendre qu'il s'agissait d'une création commune, qui n'aurait jamais vu le jour sans son intervention ? Elle lui aurait plutôt dit que c'était grâce à lui, Thomas, grâce à sa présence à ses côtés qu'elle avait pu se lancer dans cette aventure. Se rendait-il compte que ce texte parlait de lui avant tout ? Du bonheur que Béatrice puis elle, Elsa, avaient eu de vivre près de lui ? Elle lui aurait surtout dit que si c'était à refaire, elle aurait préféré que ce livre ne voie jamais le jour. Que leur histoire était ce qu'il y avait de plus précieux, qu'elle s'en apercevait bien trop tard. Tout occupée à sa recherche, à son travail de réécriture, elle ne s'était pas rendu compte à quel point elle tenait à lui. Elle avait pensé qu'il n'était qu'un pion dans un jeu de dames, mais elle réalisait à présent qu'il lui manquait. Sa présence, son regard, ses caresses, sa peau, tout lui manquait chez Thomas. Comme elle comprenait Béatrice à présent, comme la vie était supérieure à l'écriture. Comme tout cela était insignifiant à côté du bonheur de partager la journée de la personne qu'on aime. Béatrice lui avait offert tout ça sur un plateau, mais qu'en avait-elle fait ? Pourquoi avoir joué avec le feu ? Pourquoi avoir cherché à publier ce texte ? Elle aurait dû se contenter de le réécrire pour elle, juste pour elle… Et le fameux droit des lecteurs, Thomas avait bien raison : pour ce qu'ils en étaient reconnaissants, les lecteurs, tant pis pour eux.

À chaque fois qu'Elsa venait à Paris, ses pas la ramenaient dans le quartier de Thomas, dans les rues où ils s'étaient promenés tous les deux, au temps de l'amour, ces rues qu'elle ne connaissait pas un an plus tôt, mais d'où elle se sentait bannie à présent. Elle avait le sentiment que tous les passants s'étaient ligués contre elle, qu'ils la regardaient de travers, lui reprochant sa présence. Intruse, intruse, semblaient-ils lui dire. Parasite. Qu'est-ce que tu fais dans les beaux quartiers. Retourne là d'où tu viens. Pas de ça chez nous !

Elle n'avait personne avec qui parler de Thomas, pas d'amis en commun, elle n'avait fréquenté que ses amis à lui, il avait toujours évité de passer du temps avec ses proches à elle. Elle lui en avait plusieurs fois fait la remarque, lui reprochant de ne pas assez s'intéresser à sa vie, de ne jamais venir à Lyon lorsqu'elle était avec son fils, ni de chercher à rencontrer son entourage. Mais il était trop tard pour les reproches, bien trop tard.

Elsa avait besoin d'une ultime explication, besoin d'entendre de sa bouche qu'il ne l'aimait plus, qu'il tirait un trait sur leur histoire. Elle n'aurait pas cherché à le dissuader, elle se serait résignée, mais le silence de Thomas fut la pire des punitions.

Une fois seulement, alors qu'elle l'attendait, assise à une terrasse en bas de chez lui depuis des heures, elle le vit. Elle crut qu'il s'agissait d'un mirage. Elle s'avança vers lui, « Thomas ? Thomas ! »

Son regard passa à travers elle, comme si elle n'avait jamais existé.

IV

QUELQUE CHOSE À TE DIRE

34

Quelques semaines plus tard, alors qu'elle était de passage à Paris, ses pas la dirigèrent à nouveau dans le quartier de Thomas. Elle entra le code de la porte d'entrée et pénétra dans sa résidence. Voilà plus d'un an, elle débarquait ici avec sa valise rouge, paniquée à l'idée de rencontrer le mari de Béatrice Blandy. Et maintenant ? Elle avait joué, elle avait aimé et elle avait perdu. Son cœur se serra lorsque les portes en fer forgé de l'ascenseur s'ouvrirent en grinçant devant elle.

Paola finit par lui ouvrir la porte de l'appartement.

Oui, Monsieur déménageait. Les meubles étaient déjà partis, il ne restait que quelques cartons. Elsa demanda si elle pouvait récupérer sa valise de vêtements qu'elle n'avait jamais eu le temps de reprendre. Paola l'accompagna jusqu'à la salle de bains, toutes les penderies étaient vides.

Elsa demanda à Paola une dernière faveur. Elle voulait revoir le bureau de Béatrice.

— Le bureau de Madame ? Montez si vous voulez, mais faites vite, car Monsieur ne devrait pas tarder à repasser.

Elsa escalada pour la dernière fois les marches grinçantes qui menaient à la chambre de service. Jamais elle n'avait été aussi proche de Béatrice que lorsqu'elle était ici. Le secrétaire avait été retiré, la pièce était vide. Elle se cogna contre le linteau de la porte en redescendant les escaliers. Le couloir était désert, elle se dirigea machinalement vers le bureau de Thomas. En entrant, elle crut voir sa silhouette penchée à sa table de travail, ou enfoncée dans le fauteuil Chesterfield, près de la fenêtre. Mais il n'y avait plus ni bureau ni fauteuil et la pièce semblait encore bien plus vaste. Que deviendrait-elle ? Une chambre d'enfant ou une salle de jeu ? Plus probablement un bureau ou un open space, tous les étages de l'immeuble étaient déjà occupés par des sociétés et s'étaient vidés petit à petit de leurs locataires, au vu des prix exorbitants dans le quartier.

Elsa fit quelques pas dans la pièce, seuls les lourds rideaux de velours beige habillaient encore les fenêtres. Son regard fut attiré par une enveloppe claire, restée coincée entre le mur et la plinthe, juste à l'endroit où le bureau de Thomas avait été déménagé.

Elsa se pencha et prit l'enveloppe. Elle était déjà décachetée, y figurait simplement le prénom de Thomas. Elsa reconnut l'écriture arrondie de Béatrice. Des bruits de pas résonnèrent dans le couloir, elle eut juste le temps de faire glisser l'enveloppe dans la poche de son jean. Elle suivit Paola jusqu'à la porte d'entrée. Les deux femmes se saluèrent rapidement.

Elsa emprunta l'escalier de service pour quitter

l'immeuble, de crainte de croiser Thomas. De quoi serait-il capable s'il la trouvait chez lui ? De la frapper ? Dans sa poche de pantalon, contre sa cuisse, elle sentait la lettre qu'elle venait de dérober, comme une brûlure. Elle ne devait pas l'ouvrir tout de suite mais attendre d'être dans un lieu sûr, à l'abri des regards. Dans la rue Saint-Honoré, elle marchait d'un pas saccadé. Était-ce Thomas, cette haute silhouette vêtue d'un imper ? Et cet homme aux cheveux grisonnants, qui attendait au passage piéton ? Elsa se retournait à chaque instant, comme si elle pouvait être suivie. Elle pensa au film qu'ils avaient vu ensemble, *Sueurs froides*. La remarque de Thomas à propos des filatures, « Il croit la suivre, mais en fait, c'est elle qui mène le jeu... » Oui, dans le film, c'était Kim Novak qui menait James Stewart par le bout du nez. Thomas avait ajouté, « Attendez la fin et vous comprendrez... » La fin était imminente, Elsa le sentait. Tout n'était pas encore terminé dans cette histoire, quelque chose depuis le début lui échappait. Ce veuf, tombé du ciel, cette histoire d'amour et d'écriture, où tout cela menait-il ? Elsa pensait pourtant tout maîtriser depuis le début, sa relation avec Thomas, ce manuscrit qu'elle avait eu tellement de mal à trouver. Tellement de mal ? Et si tout était écrit depuis le début ? Par qui ? Si Elsa n'était qu'un personnage secondaire de l'histoire ? C'est en tremblant qu'elle s'engouffra dans le bistrot à l'angle de l'avenue de l'Opéra et de la rue des Pyramides. Elle s'assit à une table du fond, dos au mur. Quand elle se fut assurée que personne ne la regardait, elle sortit la lettre de sa poche. En effet, l'écriture était bien celle de Béatrice.

Mon amour,

Quand tu liras cette lettre, je ne serai plus là. Il me reste à peine quelques jours et je veux vivre chaque instant avec toi, comme nous avons partagé ces dernières semaines.

J'ai quelque chose à te dire, avant de mourir. J'avais commencé à travailler, jusqu'à l'annonce de ma maladie, à mon prochain livre, un livre qui, je le crois, j'en suis sûre, sera mon chef-d'œuvre. C'est un texte où il est question de nous, du bonheur de t'avoir connu, du bonheur fou qu'a été ma vie près de toi. Ce texte, je n'ai plus le temps ni la force d'aller jusqu'au bout. Il n'est absolument pas publiable en l'état. Je vais te demander une seule chose, une dernière chose, qui ne sera pas si simple. J'aimerais que ce texte existe, qu'importe qu'il soit signé de mon nom, je veux juste que les lecteurs puissent le découvrir, en un mot qu'il soit publié. Pour cela, il faudra que tu trouves quelqu'un qui soit capable de le terminer. Il y a encore énormément de travail, et il te faut trouver la bonne personne. Quelqu'un qui soit écrivain, mais surtout qui connaisse mon œuvre de l'intérieur. Ce ne sera pas facile, mais je sais que tu y arriveras. Mon amour, ces trente ans auprès de toi ont été le plus beau cadeau que la vie m'ait fait, continue sans moi, s'il te plaît, fais-le pour nous. Je t'aime,

Béatrice, ta femme

Elsa reposa la lettre sur la table au moment où le serveur s'adressait à elle. Elle voyait ses lèvres bouger mais ne comprenait pas ses paroles. Que lui voulait-il ? Pourquoi s'approchait-il si près ? Elle s'écroula sur la table en zinc.

« Vous n'avez pas de robe de soirée, Thomas insistait, il vous faut une tenue ! Vous ne pouvez pas vous pointer comme ça, c'est les César tout de même ! » Il était vêtu, lui, d'un smoking Hermès très élégant, la soirée était sponsorisée par la marque, il y avait des logos de la célèbre enseigne à calèche partout, des jeunes femmes sculpturales qui aspergeaient le public d'*Extrait de pamplemousse.* Elsa n'était vêtue que d'un vieux jean et de sa veste en cuir, de baskets, c'était vraiment la honte pour une telle occasion. Apparaissait Béatrice Blandy, sublime en smoking assorti à son mari. Elsa remarqua que sous sa veste Béatrice était entièrement nue. Dormait-elle, comme Marilyn, avec son eau de toilette pour tout vêtement ? Thomas et Béatrice se tenaient maintenant sur le devant de la scène, le rideau s'ouvrait, et la salle était pleine… de vieillards ! Des hommes très âgés qui riaient, riaient ! Thomas annonçait, de sa voix la plus suave, « Et le César du second rôle féminin est attribué à… » Les rires reprenaient de plus belle dans la salle, les vieillards étaient en réalité une assemblée de farfadets maléfiques, dont les dentiers se déchaussaient, les appareils auditifs dégringolaient… Sur la scène Béatrice s'avançait vers Elsa et lui tendait la statuette. Elsa éclatait en larmes, « Je n'ai pas joué, moi, je ne jouais pas… » Toute la salle applaudissait tandis que les Blandy lui fourraient le César dans les bras. Thomas se penchait vers elle et lui glissait à l'oreille, « Allez dégage maintenant, rentre à Lyon fissa… »

Lorsque Elsa reprit connaissance, quelqu'un lui tapotait la joue, ça va aller madame, ça va aller. Elle avala l'eau qu'on lui tendait. Il y avait une lettre dépliée devant elle. C'était donc vrai ! Elle n'avait pas rêvé ? Thomas s'était servi d'elle depuis le début ? Ce n'était pas Thomas, c'était Béatrice ! C'était son plan à elle, il n'avait fait qu'exécuter ses dernières volontés. Ainsi donc, même après sa mort, Béatrice avait continué à écrire leur histoire. Elsa n'avait été qu'une marionnette entre ses mains, entre leurs mains à tous les deux.

Le serveur posa un café devant elle. Allons, allons, buvez. Prenez le sucre aussi, ça va vous remonter. Elsa aperçut des ongles vermillon, impeccablement manucurés. Elle se tourna vers la femme qui lui tenait la main, assise à côté d'elle sur la banquette. Elle la fixait avec inquiétude, et désigna la lettre. « C'est ce courrier qui vous a mise dans cet état ? Il ne faut pas vous en faire, on en a tous reçu, des lettres de rupture ! » Cette inconnue avait-elle lu le début de la lettre ? Connaissait-elle Béatrice et Thomas ? Elsa eut un nouveau frisson. Elle dégagea sa main et saisit le courrier, le glissa dans son sac. Ce n'était pas une lettre de rupture, loin de là. Elle avala encore quelques gorgées de café, remercia à nouveau, ça va aller, je dois y aller maintenant. Vous ne voulez pas qu'on vous raccompagne ? Qu'on vous appelle un taxi ? Non merci, je dois prendre mon train. Vous êtes sûre ? Dans votre état ? La femme semblait presque déçue à présent. Oui, j'ai mon fils qui m'attend à Lyon. J'ai promis d'être rentrée à temps pour lui lire une histoire. Il aime surtout quand il y a des dinosaures. Des monstres aussi. Des ogres, des sorcières, des enfants égorgés, abandonnés, jetés dans le four, enfin vous voyez… il est petit, mais il aime déjà les histoires violentes, alors… « Filez, le café est pour moi, ordonna la femme. » Elsa la vit enfin. Elle avait à peu près son âge, son regard était clair, lumineux. Elle pensa aussitôt à Estelle Lécuyer, cette amie d'enfance qu'elle avait tant admirée. Elle devait sûrement ressembler à cette femme aujourd'hui. Peut-être était-ce elle, d'ailleurs, peut-être était-ce un signe du destin, Estelle Lécuyer, à ce moment-là, dans ce bar-là ?

Elsa rassembla ses affaires à la hâte et sortit de l'établissement. Dans l'avenue de l'Opéra, elle consulta son smartphone. Le prochain TGV pour Lyon était à 17 h 56, le temps de prendre la ligne 14, c'était jouable.

Dans le train, elle chercha sa place. Le wagon était plein, elle était assise à côté d'une jeune femme qui serrait son bébé contre elle. L'enfant était calme, placide.

— Il s'appelle César, dit la mère fièrement.

— César ? Comme c'est mignon ! Vous vous arrêtez à Lyon ?

— Oui, oui, on va rendre visite à mes parents quelques jours…

Le TGV stoppa brusquement. On annonçait un incident

voyageur à hauteur de Mâcon, le train allait emprunter une autre voie, en attendant, il était arrêté pour une durée indéterminée. Un soupir de réprobation traversa le wagon. « Quelle idée de se suicider un vendredi soir, quand le train est bondé ! » protesta quelqu'un. Plusieurs voix s'élevèrent, oui, les gens qui se jetaient sous les TGV aux heures de pointe étaient vraiment impossibles. Ne pouvaient-ils pas se suicider en heures creuses, pour ne pas emmerder tout le monde ? Une discussion surréaliste s'ensuivit, à savoir quel était le créneau idéal pour se jeter sous un train.

— Je peux vous demander un service ? demanda la voisine d'Elsa. Pouvez-vous me garder le petit, juste le temps de passer aux toilettes ?

— Avec plaisir !

— Allez César, tu restes avec la dame, et tu es sage, hein !

Elsa souleva l'enfant avec toute la délicatesse dont elle se sentait capable, et scruta par la fenêtre le paysage immobile. Où était Thomas à présent ? Pensait-il à elle quelquefois ? Avait-il été sincère un seul instant ? Sur ses genoux, l'enfant soupira. Elsa se ressaisit. Elle écrirait d'autres romans. Béatrice lui avait insufflé cette force, cette puissance. Béatrice et, avant elle, tous les autres livres qu'elle avait lus. Tous avaient grandi en elle, faisant ce qu'elle était aujourd'hui, et ça, personne ne pourrait le lui enlever. Elsa regarda l'enfant. Il posa son front sur la vitre, tandis que le TGV redémarrait silencieusement.

Composition : Soft Office.
Achevé d'imprimer
sur Roto-Page
par l'Imprimerie Floch
à Mayenne, en septembre 2022.
Dépôt légal : septembre 2022.
1er dépôt légal : juin 2022.
Numéro d'imprimeur : 101112.
ISBN 978-2-07-298978-0 / Imprimé en France.

558047